揉碎浪漫 下

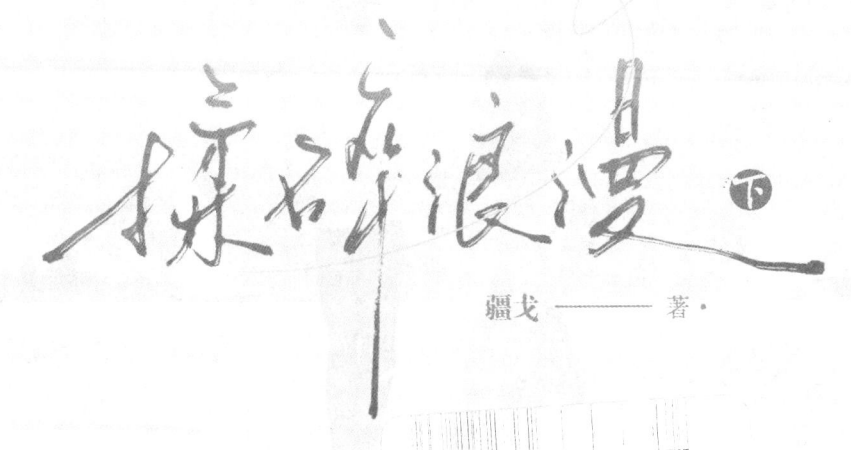

疆戈 著

有爱的青春陪伴者

Chapter 10
一定要找到她

由于那次闹得难看，两人之后再无联系。

这段时间，梁晚莺一直强迫自己不去想关于谢译桥的任何事，以此来逃避那种被火灼烧般的心痛。

她告诉自己，这不算什么。她已经是成年人了，比这更难过的事情她都经历过，所以这点事根本不算什么。

可是，无论她走到哪里，总能牵扯出跟谢译桥的回忆。

原来在不知不觉中，他已经渗透了她生活的方方面面，然而现在……

她甩了甩头，将这些纷乱的思绪撇开，开始看手里的新项目。

喻晋接了一个公益策划，是关于贫困山区的慈善广告，因为要去实地考察拍摄，大多数同事都不愿意接，于是落到了梁晚莺的头上。

也好。

还有几天就要出发了，喻晋将梁晚莺叫到办公室，询问她的计划。

她准备去父亲曾经支援建设过的小山村，父亲跟那里的驻村书记是很要好的朋友，小时候他还来家里做过客，到时候提前跟他联系一下，安全方面也有保障。

喻晋点点头，询问她具体的地点。

"我可以保密吗？"梁晚莺踌躇了一下。

虽然不清楚原因，但是喻晋也没有多问，直接答应了她。

"好吧，那我就不问了，我相信你会把握好分寸。"

"谢谢。"梁晚莺感激道，"我每周都会给您打电话汇报工作的。"

工作交谈完，梁晚莺跟他闲聊了一下："都没什么钱的项目您为什么会愿意接呢？"

"就当是我给扶贫基金会的捐款了。"

"您真的不像一个……商人。"

说起"商人"这个词，梁晚莺不由自主地想起另外一个人，她赶紧将自己发散的思维拉了回来。

喻晋往保温杯里放了把枸杞，只淡淡地说了一句："我是从大山里走出来的，受到过很多人的恩惠，也想回报一些。"

梁晚莺肃然起敬道："您放心，我一定会做好的。"

喻晋嘱咐道："基金会的负责人到时候会联系你，你们结伴而行，我能更放心一些。"

"好。"

下班以后，梁晚莺走出地铁站，低着头往回走。

路边有一个卖桂花糕的老奶奶，她佝偻着身子，拎着一个竹条编织的筐子，在地铁站出口叫卖。

桂花糕香气浓郁，闻起来让人神清气爽。

梁晚莺走过去，问道："奶奶，这个怎么卖？"

竹筐里的桂花糕整整齐齐地码在透明的盒子里，看起来很是可口。

"哎,丫头,小盒五块,大盒十块,你要哪个?"

"要个大盒的吧。"梁晚莺拿出手机,准备付款,却没看到付款码。

"丫头,我没有那个什么二维码。"老奶奶说,"我不会弄那个东西……"

梁晚莺身上的现金最近用光了,没有再取。

她翻了翻钱包,想看看能不能找出十块钱,却看到了之前谢译桥送给她的那枚人民币戒指。

上面的折痕还清晰可见。

梁晚莺看着那张纸币,发了一会儿呆,最后还是将纸币递给了老奶奶。

她拎着桂花糕往回走。

本来已经平静很多的情绪,在看到那张钱的时候又隐隐有崩塌的痕迹。

她眼眶微热,咬紧下唇,试图将弥漫上来的泪意逼退。

走到小区单元楼下,她刚上楼,正准备开门的时候,突然有个人从身后抱住了她。

她心跳蓦地漏了一拍。

"莺莺,我来看你了。"

梁晚莺转身一看,是简诗灵。

她还是像之前一样,把自己包得严严实实,只露出一双漂亮的眼睛。

梁晚莺弯了弯眼睛笑道:"你今天怎么来了?"

"我前段时间一直在国外拍戏取景,刚回来没几天,这不是想你了吗?"

"快进来吧。"

简诗灵进屋以后就扑到了沙发上："好累！不过我去的那个地方好美。"

梁晚莺去给她倒水："你们去了哪里？"

"不莱梅，你知道吗？"

她手上的动作一顿，思绪又开始发散，直到水装满了杯子全部溢出来她才反应过来。

她赶紧将出水开关按掉，强装淡定道："听说过。"

"那里真的像童话世界一样！"

梁晚莺的思绪已经不在两人的谈话上，简诗灵说的话她没怎么听进耳朵了。

看她脸色这么不好，简诗灵叹了口气说："你还好吧？"

"嗯？为什么这么问？"

"我都听席荣那个家伙说了！"简诗灵愤愤道，"他那个人就那样，什么话都往外说。"

梁晚莺低下头道："我还得谢谢他呢，要不是他，我不知道还要被蒙在鼓里多久。"

"对不起……"简诗灵有点内疚，毕竟之前她也煽风点火，说了谢译桥不少好话。

她有点愧疚地说道："我看他好像真的很认真在追你，而且跟之前都不一样，以为……你让他收心了，所以……"

"没关系。"梁晚莺无所谓地笑了笑，"跟你无关。我也不是那种被别人三言两语就能煽动的人，这都是我自己的选择。"

"你要不要喝酒？我陪你！"简诗灵噔噔噔地跑到冰箱那里，"哎，没有酒，我让助理去买。"

她说着，也不给梁晚莺反驳的机会，打了个电话。不多时，门被敲了两下，梁晚莺打开门，就看到一个年轻的小伙子两只手各提了一箱啤酒送了进来。

简诗灵咔咔咔熟练地开了几瓶："男人算什么！不听话就换了他！"

梁晚莺按了按太阳穴，刚想开口说话，简诗灵咕咚咕咚灌了大半瓶下去，然后哇哇大哭。

"席荣！还敢害我闺密！他以为他是谁？我才不稀罕他，还敢威胁我，甩了他我分分钟再找一个。"

得，怪不得说出这种话，敢情也被伤到了。

两个受伤的女人你一瓶我一瓶，喝到半醉时抱头痛哭，然后一起骂男人。

那天梁晚莺离开后，谢译桥站在花园里，看着女人离去的方向，久久没有动弹。

凝滞的空间带着植物衰败的气息，让人难以忍受。偌大的花房，空旷得几乎能听见植物生长的声音。

不，也或许是凋谢的声音。

满地灰扑扑的花瓣再没有了之前的浪漫与美丽，只剩下无能为力的颓然。

也不知过了多久，太阳都爬到了半山腰，栏杆的阴影透过玻璃花房投射在他的脸上，像是被围困的野兽。

突然，他非常生硬地笑了一下。

"哈……"

虽说是笑，但是他脸上并没有什么愉悦的表情，只是从喉咙中挤出一声自嘲、难堪、恼怒般的冷笑。

他抬手,想要去抓点什么东西,却发现周围并没什么可拿的,连花都败光了。

于是,他随手掐了根秃枝,却被茎上的刺扎破了皮肉。

有细密的血珠从伤口溢出,逐渐变大,待到膨胀得承受不住时,从指尖滑落,掉在了地上。

他泄愤般将染血的花枝丢在地上,走到摇椅那儿坐了下去。

谢译桥随手从置物架上拿起一个金属质地的打火机,"叮"的一声脆响,火苗燃了起来,短暂地将那张仿佛被乌云和冰霜覆盖的脸照得暖了片刻。

晚上,谢译桥叫了席荣去酒吧买醉。

震耳欲聋的音乐,扭动的肢体,明灭的灯光。

席荣说:"你俩怎么样了?"

谢译桥的脸在彩色的霓虹灯下,看不清表情。

他端起酒杯一饮而尽,声音波澜不惊:"没怎么样。"

"都怪我多嘴。不过一个女人而已,知情识趣的还好,太倔强就不可爱了。"

谢译桥的嘴角勾了勾。是啊,他第一次这样小心翼翼地去哄一个女人,还被她甩了脸、下了面子。如果换作别人,他早就起身走人了。

他什么时候被人这么劈头盖脸地骂过。

心情沉闷时喝酒总是会容易醉,而且醉了以后会比寻常时更加难受。

谢译桥和席荣散了以后,醉醺醺地回到了憩公馆。管家搀扶着他从车上下来,然后吩咐人去熬了醒酒汤。

谢译桥倒在床上，没有让人开灯。黑漆漆的房间中，难言的寂寞在发酵。床单上似乎还残留着女人的体温和香水的味道。

月光透过窗户渗透进来，他第一次觉得这个房间实在太大了。

黑暗像是无边无际的深渊慢慢吞噬了他。

他闭上眼睛，感觉自己的心在冷却、下坠。

简诗灵在梁晚莺这里待了一天就要回去，她赖在床上手脚并用地扑腾。

"我不想走，莺莺你这里就是我心灵的栖息地。"

梁晚莺忍不住笑了："你突然这么文艺，我还有点不习惯。"

她爬起来嘿嘿一笑："我下部剧的女主角是一个文艺安静的，跟你有一点像呢。"

"哦？"

"唉，我演了好多戏，有时候一下子转变不过来。每演一出戏，都要戴上面具体验一段别人的人生，所以有时候出戏也很难，然后面具戴多了，就忘了自己的本性是什么了。"

简诗灵有些惆怅，随即反应过来："哎？你看，我这不自觉地就代入现在这个角色的性格了。"

梁晚莺笑道："所以，你真的是一个天生的演员。"

"嘿嘿，我也是这么认为的。"

"快走吧。"梁晚莺看着她手机里一个接一个的电话，催促道，"下面的人都要急死了。"

简诗灵恋恋不舍地跟她道了别。

明天就要出发去山区了，梁晚莺去超市买了些生活必需品。回到家正开门时,她突然被人从身后抱住。

她第一反应是简诗灵又跑来了,可是下一秒就感觉到了不对劲。

这个人明显高大了很多,环住她的时候几乎直接将她嵌进了怀里。他的身上有浓重的酒气,在一呼一吸间喷洒出来,弥漫开来。

"莺莺……"

男人熟悉的声音落在她的耳边,低沉沙哑的音色,像是被烟酒长久浸泡。清淡的迷迭香混杂着白兰地的味道,钻入她的鼻腔,辛辣而微苦。

她身体一僵。

手扶在门把手上,她没有动弹。两人站在黑暗的楼道中,仿佛静止了一般。既像是在对峙,也像是温存。

楼道的声控灯被楼下电动车尖锐的报警声吵醒,突然亮起,照亮了神色不一的两人。凝滞的气氛被打破,这道昏暗的光像是魔法般,让两只人偶恢复了行动力。

梁晚莺拉开谢译桥的手腕。

"你来做什么?"

男人站在昏暗的楼道,脸上有酒醉后的微醺。

他弧度漂亮的嘴角挂着象征性的微笑,因为醉酒,眼神迷离且柔和。

"别生气了好吗?我们谈谈。"他低沉的声音里夹杂着一点微不可察的讨好,似乎是在极力忍耐,却还是泄露出一点痕迹。

"我跟你没什么好谈的,该说的,那天已经说完了。"

她转身拧开门把手就要推门进去,可是男人却跟在她身后也挤了进去。

"我们已经分手了,请你出去。"她的声音严肃,带了点喝止的意味。

"我没同意。"

"分手不需要征求你的意见。"

"这不公平。为什么在一起需要征得两个人的同意,而分手却不需要。"他仗着酒劲开始耍赖。

梁晚莺不想跟他啰唆,推搡男人想要将他推出自己的家门。可是男人的身形如此高大,稍微施加一点力气就可以让她束手无策。

"莺莺,我好想你。"谢译桥借着她推搡的力,反手一把抱住了她。

"放开我!"梁晚莺在他的怀里挣扎,像一只落入捕兽网的小鸟。

男人结实而有力的手臂紧紧环住她的腰肢,像是一条巨蟒般将她死死缠绕。炽热的气息落在她的头顶,然后拂过她的脸颊,最后来到了她的鼻尖。

他低下头想去找到她的唇,试图用以往的亲密举动来唤醒她的记忆,好让这个冷漠的女人能够心软。

她用力偏过头,想躲开他的嘴唇。可男人腾出一只手,按住她的后脑勺重重地吻了上去。

"唔——"

他的唇齿间有白兰地和香烟混合的味道,苦涩中带着一点麻痹。

她牙关紧咬,不肯松口。他抬手用虎口掐住她的脸颊,强迫她张开了嘴。

梁晚莺难以挣脱,想要缩回来,却被男人死死吸住。

两人根本不像是亲吻,更像是在缠斗。

"啪!"

终于,她用力推开他,抬起手狠狠地给了他一巴掌。

"谢译桥,你现在这个样子,真的很难看!"

所有的动作止住,她终于从他的怀里挣脱。男人伫立在黑暗中,脸色苍白得吓人,脸部的刺痛提醒着他刚刚经历了什么。

"你……"

他根本没有想到自己低声下气甚至带着点死皮赖脸来哄她,她却直接给了他一记耳光。

愤怒、不甘、难堪、无力,各种复杂的情绪从四面八方包围了他。

他又一次失败了。不,不应该说是失败,简直是一溃千里。他在她的身上,一直品尝着各种挫败感,可是没想到,到了最后,她还是这样。

她永远理智,永远清醒,永远用那种不在乎的眼神看着他。为什么仅凭一件小事就要彻底抹杀他所有的努力?

即便一开始他的动机不纯,但是后面的一切就都是假的吗?

他很想问问她,可是他开不了口。

他现在唯一庆幸的就是还好两人进来时没有来得及开灯,在这样黑暗的地方,还可以勉强维持他已经濒临破碎的高傲。

可是窗外那高高的月亮,像一把弯刀,不必亲自捅进他的胸口,仅凭那明亮而清冷的光辉就可以将他刺得鲜血淋漓。

月光悄无声息地顺着窗户洒进来,爬到他的脸上,将那惨不忍睹的伤口照亮,并发出尖尖的怪笑,仿佛在嘲笑他的狼狈与滑稽。

谢译桥走了,梁晚莺伫立在黑暗中。

不知道过了多久,她缓缓地滑落到了地上,抱住自己的膝盖,蜷缩成一团。

自从那天谢译桥主动低头去找梁晚莺却被下了面子后,他再没有去找过她。

他过回了以前的生活，找几个狐朋狗友喝喝酒，或者去自己的游艇开开派对，抑或是潜水、冲浪、攀岩通通都来上一遍。

可是他的内心越来越空。他看着不远处三三两两的男女随着音乐的律动扭动肢体，却提不起一点兴趣。

他干脆换了衣服去游泳。

清凉的海水将他环抱，隔绝了一切喧闹，一旦安静下来，脑子里的画面却更加清晰了。

他从来不认为自己是一个长情的人，也不觉得一场一时兴起的恋爱能有多么长久。

可是，当他浮出水面，看着落日涂满的明亮海域，不禁又想起两人一起在甲板上看日落看星星的那个夜晚。

令人难以忍受的孤寂席卷了他，他撇下众人回到了憩公馆。

可是回到憩公馆，他也觉得四处都有梁晚莺的影子，她像是一缕看不见的幽魂，看不见，却又处处存在。他干脆躲进了地下室那间超大的图书馆。

这里没有她的身影。高端的木质书架一排排整齐地立在墙边，围成一个完美的圆。

他的手指划过被码得整整齐齐的书本，随手抽出一本，想要随便看看顺便清空一下自己纷乱的大脑。

可是没想到，他居然拿到了那本《格林童话》，想到那个小红帽的故事，他恶狠狠地将书塞了回去。

他再重新抽出一本，垂眸看向封面。

这次，他拿了本英文原版的爱伦坡短篇小说——《厄舍府的倒塌》。

这只是一本荒诞的故事书，绝对不会有任何关于某人的回忆。

于是，他放心地打开了。

"During the whole of a dull, dark soundless day, in the autumn of that year, when the clouds hung oppressively low in heaven（在那年秋季枯燥、灰暗而瞑寂的某个长日里，沉重的云层低悬于天穹之上）……"

看着开头的文字，他的思绪又开始飘远，不禁回想起跟她初次见面的场景。

那天，他刚从纸醉金迷的场所里走出来，就接到了投资的某部剧的制片人的电话，说是要跟他谈谈女主角的事情。

天空乌云密布，水汽氤氲，到处都是潮湿的铅灰色，又是在医院这样气氛沉重的地方。

他百无聊赖地看向车窗外，然后，在这样黑白分明的壁垒中，距离他不远的地方，有个女人撑着一把伞，陪着一个老人静静地站在雨里。

他未能听清楚两人交谈的内容，但是两人走到公交站台靠近他所在的房车时，她拉住老人斩钉截铁的声音很清晰地传入了他的耳郭。

周围是一片沉寂的景色，只有她是唯一的光源，或许老人在这一刻就已经等到了他的神明。

他从未目睹过世界的灿烂，偶尔也想祈祷可以得到神的垂怜，揭开他眼前的黑白滤镜。

而她是那样温柔有力，似乎拥有抚平伤痛的力量。

本以为只是擦肩而过的过客，没想到后来却得知可以有这样喜剧般的交错。

任何瞬间的心动于他而言都难能可贵，他从来不是一个放任机会溜走的人。他想要的就一定要争取到手,无论是商业上的机会,抑或是某个人。

即便是兴趣如此突如其来且难以宣之于口,但是一开始他确实真真正正地想要和她接触一下。

只是没想到,最后竟投入至此。

"With the utter depression souls, There was an iceness, A sinking.(我的灵魂失语了,我的心在冷却,下沉。)"

谢译桥没心情看书了,将手里的书用力一扣,塞进书架离开了这个偌大的书房。

最近因为阿富汗局势非常严峻,所以MAZE在那边开采的颜料矿进展停滞。

负责人也不知道到底该怎么办,毕竟事情不小,只能请示谢译桥。

谢译桥推掉手里的其他工作,直接飞了过去。他仔细了解了大致情况以后,最终决定先暂停开采。因为当年那桩事闹出人命,安全现在就是谢氏要坚守的第一要务。

处理好后续的停工安排,谢译桥从国外飞回来的时候,已经过了半个月之久。

走出机场以后,司机已经在等着他了。

上车以后,谢译桥向后一靠,闭上眼睛想短暂地休憩一下。

"谢总,我们去哪里?"

"融……"他张嘴刚说了一个字,又赶紧打住了。

他下了飞机想去的第一个地方,居然是融洲……

回想起上一次两人数日未见在公司门口相见时的亲密,他的手指蜷缩,食指和拇指缓慢地捻了捻。

他握拳轻叩扶手,示意道:"回憩公馆。"

"好。"

谢译桥回到家,将大衣脱下来递给管家,然后边走边摘领带。

领带夹、袖扣、戒指、手表一一除下,然后他站在陈列柜前像强迫症一样将这些摆了半天。

摆好以后他又打乱,打乱以后又重新摆好,这样来来回回折腾了好久,最后,他将东西往盒子里一扔,头也不回地走了出去。

刚洗漱好回到卧室,管家拿来一个精致的手提袋,里面是两件女士的衣服,询问他该怎么处理。

男人消沉的眸子突然亮了一下。他清了下嗓子说:"放这里吧,我等下给她送过去。"

"好。"

等管家离开后,他认真将自己好好拾掇了一番,将风尘仆仆的疲惫感拂去,然后站在衣柜前挑选了好久的衣服,头发也整理了一遍又一遍。

最后,闪闪发亮的男人出发了。

他刚出门不久,管家就看到了遗落在桌子上的纸袋,里面正是那两件准备要归还的女士衣物。

"哎,谢先生——"他拿起袋子准备追出去,可是到门口的时候只能看到车尾气了。

……所以,他们的谢先生空着手是准备去还什么?

谢译桥等在嘉园小区楼下。

高而挺拔的男人一身完美裁剪的深灰色双排扣西服,腰线收得干净利落,两条长腿交叠慵懒地倚靠在车门上,影子被夕阳拉得很长。

头发被打理得一丝不乱,他单手插兜,面部表情不露声色,却也不过分冷漠。每个路过的人，无论男女老少，都要多看他两眼。

  他在心里盘算着等会儿见到梁晚莺该怎么说，不能表现得太在意，也不能表现得太热情。

  他不是来见她的，只是还她的衣服而已。

  毕竟上次刚挨了巴掌，他不是那么掉价的人。

  他把自己要说的话在心里想了一遍又一遍，可是一直等到深夜，都没见她回来。

  他冷笑一声，好啊，之前跟他在一起的时候动不动就要回家，现在还没分开多久就敢夜不归宿了。

  他想给她打个电话，但是发现自己已经被拉黑了。

  他换了别的手机打，还是打不通，一直提醒着不在服务区。

  好，很好，非常好。

  谢译桥气冲冲地离开了。

  第二天，他又来了，这次从白天上班的时间开始等，直到日上三竿，还是没有看到人出来。

  三楼的那个房间安静得仿佛没有人居住，一点声响和动静都没有。

  第三天，谢译桥直接杀去了梁晚莺的公司。

  他站在融洲的门口，深吸一口气，推门而入。

  可是他巡视了一圈都没有看到梁晚莺的影子。大家都在低头工作，而她原来的位置上多了一个陌生的男人。

  心里升起一种不好的预感，他走过去抬手点了点桌面，问道："之前这个位置上的人呢？"

  那男人抬头推了推眼镜："我也不知道，我是暂时被调过来帮忙的。"

谢译桥深吸一口气:"你们老板呢?"

"最近不在。"

"你有他的电话吗?"

"大老板的电话只有总监才有,我们是没有的,我们找大老板属于越级汇报。"

"我知道了。"

谢译桥快步离开,通过别的方式拿到了喻晋的电话,立刻给他打了过去。

"喂?喻老板,我是 MAZE 的 CEO,前段时间跟你们公司合作过一个项目。"

喻晋对谢译桥当然是有印象的。

"谢总啊,你好你好,请问有什么事吗?项目后续出现问题了吗?"

"那倒没有,上次负责我们项目的梁总监出的方案反响很好,我们想跟她再合作一次。"

"哦哦,这样啊。"喻晋遗憾地说,"那真是不巧,梁总监现在不在公司。"

"她去了哪里?"谢译桥终于忍不住了。

"抱歉谢总,我也不清楚。"

席荣邀请谢译桥去他新开的酒吧暖场,两个男人都默不作声地喝着闷酒。

最后还是席荣先忍不住开口了。

"你说怎么会有这种女人?"

"嗯?"谢译桥挑眉。

"一天天的嘴上说爱我爱得死心塌地,转头就去找别人。"

谢译桥猛灌两杯酒,才道:"是啊,前一秒还跟你柔情蜜意的,后一秒直接翻脸,现在甚至直接玩消失。平时看着温温柔柔的,气性怎么这么大呢?"

"嗯?玩消失?"席荣竖起耳朵。

"是啊,她现在不见了,到处都找不到,电话打不通,微信不回,工作地点也找不到人。"男人冷笑,"可以,真的是太可以了!"

席荣听了以后,看着旁边苦闷的好友,突然觉得很担心,于是赶紧拿起手机给简诗灵拨了过去。

"喂,宝贝,在哪儿呢?"

"哦哦哦……你玩你玩,那家老板我认识,直接挂我账上就可以了,只要你吃好喝好就好。"

"好好好,都是我的错,我这不是吃醋了嘛。"

两个人在电话里你侬我侬,谢译桥的脸却越来越黑了。

简诗灵其实跟席荣在同一个酒吧,故意气他才说她跟别人在一起。

她偷偷拍了个视频在微信上发给梁晚莺。

酒吧里气氛越来越热,谢译桥和席荣这边的卡座一直有人过来搭讪。

有些人被拒绝以后就直接离开了,有的人不甘心放过这样难得优质的男人,死乞白赖地赖在旁边找话题。

打完电话后,席荣将手机揣起来,拍了拍男人的肩膀:"译桥,我先回去了,小姑奶奶又生气了,我得去哄哄。"

他嘿嘿一笑,对自己拉人出来喝酒还先跑了的行为感到不好意思,又叫来几个认识的美女,说道:"今天哄高兴我这位朋友,给你们每人赠送一张VIP卡。"

他说完就脚底抹油地溜了。

谢译桥盯着席荣的背影恨不得盯出个洞。他现在本来就心情不好，身边的这些女人更是聒噪得他头大。

他想要离开，可是她们在席荣提供的诱惑面前，都使尽了浑身解数挡住他的去路。

谢译桥眉头一皱，眼睛里凝聚起层层乌云，低声道："让开！"

"这位先生看起来一表人才，也会为情所困啊？不如跟我们谈谈，都是女人，我们肯定更懂女人怎么想的。"

有个女人刚刚路过的时候听到一点他们的谈话，非常善解人意地抛出了话题。

谢译桥本来不想理会，但是思索了一下，还真开口问了："如果一个男人喜欢你，用了一些不光彩的手段得到你，你会生气吗？"

女人暧昧地眨了眨眼睛："如果是像您这样的人，求之不得。"

谢译桥又问："为了自己的企业，搞点表里不一的噱头，这有什么问题吗？"

"当然没问题了，这说明您是一个非常有商业头脑的人。"

很好，全都是他想要的答案，他也是如此认为的。可是他为什么一点也高兴不起来？

谢译桥得到自己想要的答案，准备走人。可是这群女人不肯放他走，他更是烦躁到了极点。

他从黑色的男士手提包里拿出一摞今天给席荣捧场充的卡给她们，迈开长腿离开了这里。

简诗灵将刚刚拍到的视频发给梁晚莺看。

简诗灵：【莺莺，莺莺，你快看！你最近怎么都不回我消息了，

电话也打不通?】

　　简诗灵:【你看他,我天!真的是受不了,但是好帅啊——】

　　梁晚莺忙完一天的工作,好不容易找到一个勉强有网络的地方,就看到了简诗灵发的消息。

　　她点开视频一看。

　　两个同样英俊的男人在一起喝着闷酒,后来一个人先行离开。

　　然后,谢译桥被女人包围。

　　他坐在灯红酒绿的地方,立体分明的五官被灯光修饰得更加英俊。几个风情万种的女人围坐在他旁边。

　　也不知道交谈了什么,他很快起身,修长的手指间捏了几张黑金的卡片推开成扇形,像是拿扑克牌的手势一般。

　　黑色的卡片飞落了一地,几个人乱作一团,都在不顾形象地争抢。

　　他从容地起身离开。

　　回到憩公馆。

　　谢译桥站在卫生间洗了把脸,他看着镜中的自己,额发在洗脸时被打湿,正在滴水。

　　虽然他和梁晚莺闹僵了,但是在他的心里,只要肯低头,想办法哄一哄她,总归能哄回来的。

　　他对自己的能力一直都很有信心。

　　可她就这样消失了,电话无法接通,微信申请添加好友也石沉大海。

　　即便他换了另一个号码,那边依然是无信号。

　　他从愤懑到无奈到后悔,每天各种复杂的情绪缠绕着他。

　　酒精麻痹不了他的思绪,香烟也排解不了他的苦闷,甚至以前喜欢的一些极限运动，现在都激不起他的半分兴致。

胸膛不停上下起伏，谢译桥吐出两口浊气，抬手伸出两根手指点了点镜子里的自己，好像刻意强调般自言自语："女人而已。"

他连着说了两句无所谓，试图表现出满不在乎的样子，也不知道到底要说服谁。

镜子里的男人目光浓深似海，长眉微蹙，即便极力忍耐但依然可以看出压抑的情绪。

最终，他在光线照不到的阴影里，像一头困兽般低低地咒骂一句。

"去他的无所谓！"

他一定得找到她。

外面又开始下雨了。

谢译桥坐在车里，透过窗户看着外面水汽弥漫的街道。

这就是梁晚莺长大的地方，一个不大不小的城市。虽然没有那么多鳞次栉比的高楼，也没有那么宽广的马路，但是人们步履轻缓，即便是下了雨，也可以漫步其中，撑着伞悠悠地向家里走去。只有这样从容的小镇才能养育出那样从容的人。

谢译桥在这个小镇的某户人家门口等了三天，没有见到半点女人的踪影。

他以为她就算消失了，肯定也会回家的。

可是没有。

如果这里都没有的话，那他可能……真的找不到她了。

驱车几个小时，他回到了憩公馆。

空荡荡的房子，没有一点温暖的气息。

他又想起之前在她楼下守着的那个夜晚，她和钟朗在那个狭小的厨房里做饭时的情景。

多么美好的烟火气息。

而现在,他在华美宽敞的别墅里,却被这样空旷的环境压抑得喘不过气,他干脆去了花房。

他从置物架的下层随手抄起一本书,翻了两页觉得无趣,便丢在了一旁。

蓦地,他又想起那本《彩虹色的花》,就让管家帮他从房间里取了过来。

她在宽慰他时温和的轻声慢语,制定计划时眼睛亮闪闪的样子,像是魔法一样扫去了他心头的阴霾。

那一刻,他不关心外面的风雨,也不用去想那些复杂的人事。他第一次发现,原来身边有个这样的人,是多么美好的事情。

他翻到最后一页,那行娟秀的小字映入眼帘:

我想相信你一次。

她在写这行字的时候,是什么样的神情,又是怎样的心情呢?她在面对他时从来都小心谨慎且提防,相信这个词对她而言是多么难能可贵。

他不是不想将她的这份相信珍而重之地小心存放。

在认识她以前,他从来没有想象也没有规划过未来。

而那一天,他却难得地想到要和她在来年的春天一起赏花,夏天看海,秋天漫步落叶满地的街道,冬天看大雪纷飞。

他闭上眼睛。

她好像成了他的执念,每晚午夜梦回的时候,都是她最后离开时那个惨淡的笑容。像是一朵夏夜里缓慢开放而秋日里凋零在枝头的白色花朵。

男人躺在花园，四周是一片衰颓的景象。

他在这些枯枝败叶中和衣而睡，不理朝夕。

四季常青的绿萝爬满了花架，倒影映在他身上，仿佛青苔落了满身。

简诗灵终于收到了梁晚莺的回信。

她赶紧给梁晚莺打了个视频电话："你到底去哪里了啊？我这部剧要杀青了，想去找你玩。"

梁晚莺："我现在不在Ａ市。"

简诗灵："你到底去哪里了？"

梁晚莺转换镜头给她看了看附近的环境："在一个山区里。"

"你怎么跑到那儿去了？"

"我正在做一个公益项目的策划，要采风，还要考虑一些画面表达之类的东西。"

简诗灵认真看了看，又挠了挠头说："我怎么看着好像有点眼熟。"

"嗯？"

"啊，我好像知道了！"她用力一拍床，"天啊！你怎么跑到那里去了，也太偏僻了，生活还很不方便，你怎么忍得了。"

梁晚莺有些惊讶："你只是看着这个山，就能认出是哪里？"

"是的，你刚刚给我看的那个地方，我走过无数次……我的老家离那边不远，我还去那里看过病。因为几个村子，就只有那一个老村医。"

回忆起过去的事，简诗灵语调瞬间低了下来。

梁晚莺想起之前从经纪人口中隐约听到的一些话，赶紧安抚了下她,然后将话题绕开。

两人正聊着天,浴室门被拉开,高大的男人热气腾腾地出来了。

简诗灵咻咻一笑,对梁晚莺说:"不跟你说了,我要休息啦。"

梁晚莺面上一晒:"这话就不用跟我说了吧。"

简诗灵看着已经被挂掉电话的手机,耸了耸肩膀道:"莺莺还是这么害羞。"

"你们聊什么呢?"席荣脸上的表情有点不爽。

"没聊什么。"

席荣单手撑着头,把玩着她乌黑的发丝,状似不经意地问道:"宝贝儿,你是哪里人啊?"

本来昏昏欲睡的简诗灵突然警惕地睁圆了眼睛:"你问这个干吗?"

"你从来不提之前的事,所以我好奇。"

"不告诉你。"

等简诗灵睡过去后,席荣拿起手机给谢译桥发了个信息:【译桥,诗灵好像知道你那个小女朋友去哪里了,我刚听到她们两人打视频电话,但是没说地点,只说了在诗灵老家不远的一个地方。】

谢译桥立刻回复了他:【她老家哪里的?】

席荣:【我也不知道,她绝口不提以前的事,也不让我问。】

谢译桥:【好,我知道了,谢了。】

席荣摇头,咂了咂嘴,然后将手机丢在一旁,转身揽住怀里的女人,还好他有香香软软的女朋友抱着睡。

谢译桥收到信息以后立刻去找了简诗灵的经纪人,然后开门见山地抛出了自己的目的。

"简诗灵老家是哪里的?"

经纪人警惕地问道:"您为什么要问这个呢?"

"放心,跟她没有任何关系,我对她的过去不感兴趣,只是有些别的事需要处理。"

"哦哦。"经纪人想想觉得也是,他当初把她捧起来的,也从来不会做什么不光彩的事,于是就把地点告诉了他。

谢译桥把地址发给庄定,庄定很快派人调查确定了大致位置。

简诗灵老家所在的那个大山,附近有十几个类似的村庄,而只有两个村子有医生。

谢译桥准备立刻动身。

庄定犹豫地说道:"可是那边路都不通,生活也非常不方便,您去了以后怎么办呢?"

谢译桥正对着镜子整理领带:"不是有个扶贫基金会的负责人常驻那里吗?你去找一下负责人的联系方式,告诉他们可以一起合作。"

"好,我去交涉。"

梁晚莺今天跟着村民一起从山上下来,想去看看他们如何进行买卖赚钱贴补家用的。

她才走了一半的路程就几乎累得半死。

一个憨厚朴实的小伙儿看她体力不支,主动提出要把她背下去,她实在不好意思,拒绝了。

他们每个人身上都背着很重的农产品,她怎么好意思呢。

可她到底没走过这么难走的山路,她一脚踏空崴了脚,钻心的疼痛让她瞬间寸步难行。

扶贫基金会的负责人周文杰,开着一辆破摩托来接她。

她感觉自己给人添了麻烦,非常不好意思。

"没关系,你一个小姑娘,没走过这种路,也不娇气,很好了。"周文杰拍了拍摩托车后座,"走,我带你去找陈医生。"

陈医生的那间小诊所在河对面的另一个村子。

她坐在摩托后面七绕八绕,后面还蹚了一条小河,才终于到了地方。

刚走到院门口,就看到陈医生背着一个药箱正准备出门。

"陈医生!"

男人转过身来。

他脸上架着一副无框眼镜,三十来岁的年纪,眉目周正,气质温和,是这座大山方圆十几里唯一的村医。

"周主任,晚莺,你们怎么来了?"

"我的脚崴到了,找你帮我看看。"梁晚莺垮着脸,"又给你添麻烦了。"

"怎么这么不小心?快进来吧。"

陈朝山将锁头取下,打开门和周文杰一起将梁晚莺搀了进去。

虽然这个房子外面看着很简陋,但是里面非常干净,角角落落都擦拭得一尘不染。

陈朝山让她坐到那张木头长椅上,然后蹲下身握住她的脚踝仔细查看了一番。

他粗糙的手指带着薄茧,在她的伤处轻轻揉捏了几分钟。

"有点脱臼,但是问题不大,我给你复位一下。"

梁晚莺吓得脸都白了:"会很痛吗?啊啊啊——"

她话都没问完,他就已经快准狠地给她扳了回去。

陈朝山笑着解释道:"不让你准备会更放松更好回正。"

梁晚莺有气无力地点点头："确实……"

有些事不提前做心理准备更好。

复位以后，陈朝山拿出一瓶药水给她涂抹了一圈，黄色的药水在她脚背上流淌，然后他用一种特殊的手法揉搓了一遍。

"你下地试试看。"

"哇，真的不痛了，你好厉害！"

陈朝山走到门口的水龙头，弯下腰仔细将手上的药水洗干净说："这些都是很简单的，毕竟在这里，跌打扭伤都是常见的。"

梁晚莺点点头。

"你的脚踝没事了，但还是会肿的。这个药你拿回去，每天揉搓两次，消肿很快。"

"谢谢。"

周文杰问道："陈医生刚刚是要出门吗？"

"嗯，边壁村那边有个小孩发烧了，我要过去看看。"

"那您忙，就不打扰了。"

梁晚莺也挥了挥手说："陈医生再见。"

陈朝山点点头："你们路上小心。"

周文杰问道："那今天你还去镇上吗？你的脚没事吧，要不要先休息两天？"

"没事的，已经不痛了，而且我被你载着，没关系的。"

周文杰看梁晚莺不娇气，也就没有再多说什么，带着梁晚莺离开去了镇上的农产品交易地点。

梁晚莺本来是想看看他们的生活方式，没想到越看越生气。

那些收货的人知道他们这些东西是从山上背下来的，所以故意把价格压得很低，因为这些人都知道——他们不可能再背着这些东西再走十几里山路,再背回山上去。

梁晚莺想要去和他们理论,但是那几个收货商都说好了,就一口价,爱卖不卖不卖拉倒。

眼看着天都黑了,收货的人都要开车离开了。

一个最大的收货商走过来居高临下地说:"我们真走了啊,你们不卖就自己留着背回去吧。"

村民们黝黑的脸上有满满的为难与不甘,粗糙的大手合在一起拜托道:"再多给点吧,别人都能卖高一倍的价钱呢。"

"喊,那你们自己留着吧。"

"别别别,我们好商量嘛。"

梁晚莺于心不忍,他们辛辛苦苦种出来的东西,就只能卖两位数的价格,还走了这么远,背了这么久……

他们的肩膀因为常年负重,都被压得有些变形,脚底也磨出了厚厚的茧。哪怕是按正常的市价,她都不会那么气愤,但是他们明显就是在恶意压价。

她蹲在地上垂头丧气地看着那些土豆,感觉自己也变成了灰头土脸、任人欺负的土豆。

她想不到任何解决的办法。

这里令人棘手的事情很多,都是她之前从没接触过的,想帮忙却心有余而力不足。

鼻子有些酸酸的,这种无力感和挫败感,让她的心揪在了一起。

突然,一只完全不是这里的山民能拥有的手出现在她眼前。

手指修长,骨节分明,冷白的皮肤宛如清透的玉石。然后,这只漂亮的手,捏起一个灰扑扑的土豆,在手里颠了颠。

"这些土豆不错,我全都要了。"

梁晚莺抬头，猝不及防地看到谢译桥，顿时一愣。

旁边的村民不可置信地问道："真的吗？"

"当然。"谢译桥转身走向身后的越野车，从庄定手里接过钞票，"就按正常市价来，你们放到这儿吧，等会儿有人来拉。"

"谢谢，谢谢，太感谢您了。"

村民们高高兴兴地将农作物放下，背起竹筐往回走。

庄定问道："可是这么多土豆我们怎么处理？"

"带回公司，反正员工食堂消耗大，每天都要用到土豆。"

庄定默默地算了一下拉回去的运费和过路费。

这土豆可真不便宜啊！

梁晚莺跟在大家后面一起往回走，谢译桥迈着长腿就这样慢慢悠悠地跟在她身后。

等到了山脚下需要爬山的时候，梁晚莺默不作声地瞥了一眼男人西装革履的样子，本以为他会很狼狈，可是没想到，她爬到半山腰累得不行了，而谢译桥却跟没事人一样。

也是，他之前就很喜欢登山、攀岩这些运动，体力肯定很好。

"需要帮忙吗？"他走到她前面两步，伸出手。

"不需要。"

梁晚莺绕开他："你一直跟着我干什么？"

"只是顺路而已。"

"你觉得我会信吗？"

他大言不惭地说道："最近在附近发现一块有价值的开采地，所以来考察一下。"

"哦。"梁晚莺不再搭话。

"你的脚怎么了？"

"与你无关。"

上山下山至少要两个小时,梁晚莺累到不行,终于到达了山顶。

她拖着沉重的脚步回到自己住的地方,看到他还跟在自己身后,于是不客气地说道:"怎么?都快要跟到我家了,还顺路?"

男人往前走了两步,走到旁边的一个小院,笑着说:"真巧,咱们居然是邻居。"

梁晚莺正要说什么,周文杰骑着摩托车过来了。他带来几床崭新的棉被和四件套:"谢先生,招待不周,还请您见谅,这些都是新的,也都是附近能买到的最好的了。"

谢译桥点点头说:"没关系,特殊时刻特殊对待。"

周文杰说:"晚莺啊,谢先生是我们这个项目的投资人,准备一起合作的,你们都是城里来的,可以相互认识认识,一定很有共同话题。"

谢译桥笑眯眯地说道:"我也是这么认为的。"

梁晚莺没理他,转身回到院子里把门闩上。

谢译桥心情很好地走进了旁边的小院。

两个人其实住的是一个院子,只不过中间垒起一道很矮的院墙,然后又另开了一个门,将这个院子一分为二。

好像是早些年这家夫妻闹矛盾,于是砌了这堵墙表示分家。

不过围墙并不高,他站起来的话,才只到他的腰部。

梁晚莺进房间以后就没再出来,他等了半天想要搭话也等不到人,只好先回房间了。

周文杰很体贴地在他来之前就把房间用心整理了一遍,虽然看起来不怎么样,但是胜在干净整洁,所有的东西都是新的。

虽然在 A 市已经是深秋了,但是这里比较偏南,以至于天气还没那么冷，但是蚊虫特别多。

翻来覆去睡不着，他干脆搬着躺椅来到了小院。

谢译桥向对面望了两眼，那边的房间已经熄灯了，她应该是已经睡下了，他只好躺了回去。

他手里拿着一把周文杰给他的蒲扇驱赶飞虫，顺便在心里感叹她的冷漠无情。

他千里迢迢地跑过来，她居然连一个好脸色都不给他，还睡得那么安稳。

外面空气倒是很好，可是山里的蚊子大得可怕，不一会儿就叮得他难受到不行。

他长叹了口气，还是回屋里去了。

硬到离谱的床，简陋的家具，气味浓烈的驱虫药熏得他鼻腔发紧，可是如果熄灭他就要喂蚊子。

他来的时候本来已经做好了心理准备，可是没想到这个地方远比他想象中的更艰苦。

来到这里的第一晚，谢译桥几乎一整夜都没合眼。

后来，快到清晨的时候他终于迷迷糊糊地睡了过去，梦里还以为自己在跳伞，气流在他耳边飞速掠过，然后他和她一起掉到花田里拥吻。

转瞬间，花田的香味变成了熏人而刺鼻的气味，他猛地醒了过来。

睁眼的时候，他恍惚有一种不知道自己身在何处的感觉。环顾四周，他撇了撇嘴，这才想起自己现在在大山里。

蚊香已经燃尽了，灰扑扑的香灰落在底盘上。

他赶紧起床洗漱，昨天穿着皮鞋走山路已经把那双皮鞋磨得不像样子了。

越是高级的鞋就越是不耐磨，他以前穿一年的鞋都没有穿这双鞋一天损坏得厉害。

于是今天他换了一身休闲登山服，脚上也是适合走山路的运动鞋，整个人看着倒是又年轻了几分。

收拾好以后，他发现梁晚莺已经不在隔壁了。

梁晚莺去找了陈医生，他的小诊所里有几个病人，正排队等着看病。

看到她过来，陈医生推了推眼镜，笑着说："晚莺，你来了。"

"嗯。"

"你的脚踝好些了吗？"

"好多了，就是睡了一觉出现了一大片青紫。"

"那你先坐在那里等一下，我一会儿给你看看。"

"嗯嗯，你先忙。"

即便是在这种地方，他也很认真地写着病历。这里很多村民都是陈年旧疾，有时候身体不舒服也都是那些旧疴引起的。他讲话的时候声音很温和，哪怕是对说话都不利索的老人，他也很有耐心，安慰她慢慢说不着急。

还有一个小孩子因为腹痛哭得很厉害，他拿纱布帮他擦了擦哭花的小脸安抚道："没事啊，等下打一针就好了。"

"陈医生，我不想打针，你就给我开点药吧。"

"不打针的话，你肚子还要痛好久，肚子痛好久和屁股痛一下，你要怎么选？"

小孩子想了想，抽抽噎噎地说："那我还是打针吧。"

男人揉了揉他的头发夸赞道："真是个勇敢的小男子汉。"

梁晚莺看着他们之间的互动，不由自主地露出一丝微笑。

等陈朝山终于忙完，他对她招了招手说："来。"

可能是因为刚刚给小孩看过病，也可能是他身为医生的悲悯感，让他对待所有人都带着点看孩子的味道。

梁晚莺走过去，坐到他的看诊桌前。

这是一张很朴素的木桌子，甚至都没有上漆，因为时间久远再加上磨损，木头的颜色氧化变成了深褐色，但是被擦得很干净。

"这些青紫是正常的，痛得厉害吗？"

"还好，一点点。"

陈朝山点点头："那应该没什么大问题，最近两天你要去哪儿就找周主任载你，尽量少用这只脚。"

"好。"

看完脚以后，两个人闲聊了几句。

"你一个小姑娘怎么会想来这里？"

"主要就是那个公益项目的策划案嘛，我觉得要落到实处必须深入民间。"梁晚莺低头，声音小了一点，"这里是我爸以前来过的地方，所以我也想来这里看看。"

陈朝山点点头，想了想又突然开口问："你爸是不是叫梁敬舟？"

梁晚莺睁大眼睛："您认识我父亲？"

"果然是。"陈朝山笑着说，"这里虽然人口分布散落，但是除了村民，外来的人口很少。我和梁大哥因为一点事情认识了以后，很投缘，算是忘年之交。对了，他最近身体还好吗？怎么这么久都不见他了。"

梁晚莺低下头："他已经……去世了。"

陈朝山错愕道："怎么会这么突然？"

梁晚莺揪紧手指："去年……他突发脑出血……没抢救过来。"

"唉，我之前就劝他多注意身体，他总是不听，一大把年纪的人了。"陈朝山惆怅地叹了口气，转而又安慰道，"你也别太难过了。"

梁晚莺摇摇头说："我没事，可以给我讲讲他在这里的事情吗？之前他总是成月不在家，我虽然大概知道他去了哪里，但是一直都不知道他到底在忙什么，小时候甚至还怨怼过他……"

陈朝山整理好面前的病历，起身："你跟我来。"

两个人漫步山林，走到不好走的路时，陈朝山会提醒她小心，防止再崴脚。

一直走了半个多小时，两人来到一条隔山相对的大峡谷，下面是湍急的河流。

陈朝山指着中间的那根悬索："看到那个锁链了吗？"

"嗯嗯。"

"如果这里能架起一个能运送人和货物的缆车索道，那么上学的孩子可以不用再走十几里山路绕过来，而卖货的村民们也不用背着沉甸甸的东西走那么远，可以省下很多力气，以后也不至于被压价压得太过分。这个地方贫困最根本的原因就在于没有路，也建不了路。"

索道还没有建成，因为各种原因停工了。

扶贫基金会的人为了资金和人力问题到处奔走，得到的结果也收效甚微。

原来，她的父亲一直在做这样的事情，小时候的她不能理解，总是在抱怨别人的父亲都有人陪，而她却很少见到他，以至于对他的态度越来越差，两人的关系也越来越紧张。

现在，她从别人口中了解到一些自己不曾知道的，关于父亲的一些往事。

这种感觉让人有点窝心，也有点想要泪目。

自从父亲过世后，她和母亲都尽量不再提及这些事，怕的就是会伤心。

但现在，她站在这片荒凉的土地上，突然倍感亲切。

天色已经不早了，她和陈医生告别后离开，她揣着心事，走路的时候没有注意脚下，一不小心踩空了。

山路实在太难走了，即便她拼命抓住旁边的野草、树枝之类的东西，还是打了几个滚才停下来。

她检查了一下自己的身体，万幸没有伤筋动骨，只有一点不是特别严重的擦伤。

起身拍了拍身上的土，她继续往前走。路过一条小溪时，她看到自己这个脏兮兮的样子，想着要不要洗一下再回去。

想到这里，她把身上那件被弄脏的月白色针织坎肩脱掉，只剩一件吊带裙，然后往上卷了卷裙边，打了个结。

她光脚踩进水里，俯身撩起一捧水冲洗自己的胳膊和双腿。刚刚的擦伤处渗出了血，上面还盖了一层灰，被冰冰凉凉的河水冲刷，稍微减缓了一些刺痛感。

洗完胳膊腿儿以后，她摸了摸灰扑扑的头发，想着干脆一并冲洗一下吧，不然回去了那个水龙头的水流小得可怜，接半天才能接一盆，她的头发又长，洗一次很麻烦。

天渐渐暗了下来，她洗完以后解开裙子挽的那个结，拿起衣服准备离开。

可是刚一转身，她就吓了一跳。

高大的男人长身玉立，慵懒地靠在一棵大树旁，嘴里叼着一根随手摘来的狗尾巴草。

落拓又潇洒。

"吓死我了。"她拍拍胸脯,"你怎么来了?也不出声就站在人身后,真的是……"

男人低低笑了笑,将狗尾巴草拿下丢到一边,缓步走来。

他的声音混合着身后清澈河水的流淌声,透过夜幕抵达她的耳里。

"本来我只是四处走走,结果没承想在这样美丽的夜晚,看到了这样的场景。我还以为是哪位仙女在洗澡,怕出声惊动了她,又消失在我眼前。"

谢译桥嘴里没句正经话,梁晚莺不想理他,抱着衣服转身往回走。

"你身上有好多小伤口,回去以后我帮你擦点药。"

"不用,我自己可以。"

"有些地方你够不到。"

梁晚莺干脆不理他了。

山里的星星很亮,是大都市看不到的那种亮,两个人一前一后,谁都没有再说话。

谢译桥终于忍不住又开口了:"莺莺,我们聊聊吧。"

"没什么好说的。"

"我给你道歉还不行吗?"

"没那个必要。"

谢译桥快走两步拉住她:"有什么问题我们好好说,不要这样冷战好吗?"

梁晚莺站住,转过身来看着他,认真说道:"不,不是冷战,是分手。至于之前的事情,我也不想再提了。钟朗那件事只能算是个导火索,更主要的是我觉得我们两个根本不是一路人,以后就算勉强在一起，也不会有好结果的。"

"你为什么要这样想呢？人都是会变的，你总得给我个机会。"

"我真的觉得没这个必要。"

"可就算是罪犯也有改过自新的机会，你为什么因为这点小事直接给我判了死刑？"

"我不想要求你为了我改变什么，成年人只筛选自己合适的，而不去调教，是最基本的道理。"

谢译桥被怼得哑口无言，想再说点什么，她已经彻底不再理会他，开始埋头赶路。

山里没有路灯，晚上漆黑一片，他怕再说话会分她的心，没注意脚下再摔倒，于是也不再开口。

微风穿过沉默的两人，带着树枝摇晃，月光洒下，草丛里有蟋蟀的歌唱和青蛙此起彼伏的演奏，随着两人的脚步，时响时歇。

第二天下了好大的雨。

本来以为下雨了梁晚莺就不出去了，结果他早早就蹲守在屋檐下注意着那边的动静。

可是一直没看到她。

于是，他打了个电话给周文杰。

周文杰说："晚莺去隔壁小学帮忙了。"

"帮什么忙？"

"那边上课的老师最近病了需要休养一下，她去照看一段时间。"周文杰说，"晚莺会画画，孩子们愿意听她的，别人还不太好管呢。"

"小学在哪儿？"

"要蹚一条河，到对面村子，路不好走，您要去吗？"

"没事，我就随便转转。"

周文杰给他画了个简易地图发过来,还贴心地发了段语音讲解。

谢译桥撑着伞走在雨幕中。

山路本来就不好走,下了雨以后更是泥泞。

他看着自己裤腿上溅起的泥点,心情更不好了。

他掏出纸巾擦拭了半天,还是留下了一些痕迹,他"啧"了一声,最终放弃。

终于找到了那个所谓的小学。谢译桥从来没见过这么破的学校——不规则的碎石、砖块和水泥随便糊成的一间相对宽敞的破房子,墙还会漏风。

他走到低矮的门口,向里面看去。

梁晚莺正在这个简陋的教室里教学生们画画,让大家发挥想象,画一个最喜欢的场景,要包括景和物。

孩子们低头拿着铅笔头画的时候,梁晚莺也寥寥几笔就画了一幅生动的简笔画。

一只活灵活现的正在踩键盘的小猫咪。

孩子们看得入迷,纷纷问道:"梁老师,你画的这个方方的东西是什么啊?"

梁晚莺愣一下,看了看他们的画。

大多都是山林、树木、野鸡、野鸭之类的东西。

他们没有走出过大山,她随笔一画的自己生活中司空见惯的东西于他们而言,却是从来没有见到过的。

"这是电脑。"

"电脑是什么啊?"

梁晚莺一边画着外面的一些新鲜事物,一边讲给他们听。孩子们听得新奇,连最调皮捣蛋的小家伙也安静下来,认真地听着。

"梁老师,地铁怎么这么长?它是怎么开的?"

"梁老师,钢琴是什么,看起来好漂亮,它的声音是什么样的?"

"梁老师,梁老师,冰箱跟空调有什么区别?"

对于他们这些天真的问题,梁晚莺温声细语地跟他们一个一个全都解释了,然后说:"外面的世界非常精彩,所以你们一定要好好学习,只有念好书才有走出大山看到这些东西的机会,明白吗?"

"明白了——"

正讲着话,梁晚莺发现后排的孩子都停下了手中的笔,在向门口张望。

她顺着他们的目光看过去。

眉目英俊的男人双手环胸,慵懒地倚靠在掉漆的门框上,旁边靠墙立着一把黑色的雨伞,还在滴着水。

他正眉眼带笑地看着她,瞳孔仿佛被雨水浸透,有种沉甸甸的温柔。

梁晚莺走出去,眉心微微蹙起:"你来干什么?"

谢译桥站直身体,又弯腰凑过去说:"莺莺,我发现你讲课的时候还挺有样子的。"

"我跟你很熟吗?离我远一点。"她向后撤了下身体,表情严肃。

谢译桥举起双手做投降状:"好好好,梁老师,我错了。"

他的这句"梁老师"喊得狎昵,梁晚莺斜了他一眼就关上教室门回到了那个破旧的讲台上。

"同学们,我们继续。"

"老师,老师,他是谁啊?"

"是老师的男朋友吗?"

梁晚莺有点窘迫:"不许胡说。"

"他好好看啊,我从没见过这么好看的人。"

最后排的小男生反驳道:"我们梁老师也很好看!皮肤白白的,眼睛大大的。"

"嗯,嗯,梁老师最好看!"

梁晚莺又好气又好笑,放下手中的画笔:"你们都好看,好看的东西不只是白白的皮肤,大大的眼睛,外表是会变的,但是只要我们有一颗高尚的心灵,就永远都是最美的人。"

"梁老师,什么是高尚的心啊?"

梁晚莺托腮想了想,觉得举一些名人的事例他们不一定能懂,所以准备举身边人的例子。

"像周主任、万书记、陈医生,你们都认识吧?"

"认识——"

"你觉得他们怎么样?"

"很好!"

"他们就是高尚的人,也都有一颗高尚的心。"梁晚莺说,"所以,我们看东西不能只看外表,明白吗?因为外表有时候是会骗人的。"

谢译桥在门外听着,总觉得自己被指桑骂槐了。

他站在门口哂笑一声。

中午吃饭的时候,雨已经停了,梁晚莺组织学生一起去食堂。

所谓食堂,也就是一个棚子,摆了几口大锅。

食物也就是最常见的白菜、土豆炖一切,而且做得很咸。

梁晚莺只拿了个馒头准备随便吃两口垫垫肚子,回去以后自己再做点吃。

谢译桥当然是不吃这些的,有专门的人每天爬两个小时的大山给他送饭菜，为了保鲜的同时又不流失味道，需要花费非常昂贵的人力物力。

于是，当送饭的人提着一个超级大的箱子上来的时候，瞬间吸引了所有孩子的注意力。

可是孩子们跟他不熟，而且他看起来就像是画里的人一样，虽然他们难掩好奇，但是没人敢上前，怕冒犯了他。

谢译桥笑着对他们招了招手说："过来，这里有好吃的、好玩的，我分给你们。"

孩子们听到他这么说还是有点胆怯，那个平时调皮捣蛋的比较胆大，直接就跑了过去，剩下的孩子这才跟着围了上来。

里面的食物是他们从没有见过的东西，连样式都是他们无法想象得到的。

谢译桥将那些精致的糕点和水果分给他们，可是没人舍得吃。

"好漂亮啊……我想带回去给妈妈看看。"

"我也要拿回去。"

"你们吃就好了，如果喜欢的话，我以后天天找人送上来给你们吃。"

"真的吗？"

"当然，我可从来不骗人。"

"谢谢哥哥！"

谢译桥轻笑一声："我都可以当你们这群小不点的叔叔了。"

"您像哥哥，周主任那样的才是叔叔。"

谢译桥在一声声童稚的声音中望向梁晚莺，却发现她不知道什么时候已经不在这里了。

他对小孩子说道："你们还想要什么，想看什么，我都可以帮你们弄来。"

"真的吗?"

"当然,不过你们要帮哥哥一个小忙。"

"什么忙?"

"哥哥惹梁老师生气了,你们以后得在梁老师面前帮哥哥说说好话。"

"没问题!"

谢译桥环顾四周:"你们谁看到梁老师去哪儿了?"

一个小女孩指着南边说:"刚刚看到陈医生来找梁老师,两个人去那边了。"

"陈医生?"

"陈医生对我们可好了,药太苦的话还会给我们吃一颗糖,我最喜欢陈医生了。"

谢译桥挑挑眉,顺着孩子们手指的方向,找了过去。

梁晚莺坐在一块大石头上,陈朝山看到她的脚踝比之前还要严重了,蹙了蹙眉头说:"怎么回事,又肿起来了?"

"我昨天回家的时候,不小心又滑下山坡了……"梁晚莺不好意思地说道,"我以前从来没走过山路,才来了半个多月,都崴了好几次了。"

"那你怎么不找我来看看,要不是今天我路过这里看到是你在上课过来看一眼,你就不准备处理一下吗?"

"我感觉不是很严重,过几天应该就消肿了。"

"你啊。"

"不过,"陈朝山简单帮她处理了一下,又感叹道,"刚刚我看到你站在孩子们中间的样子,突然就想起你爸了。"

"嗯？"

"你和他挺像的，不愧是父女。"

"怎么说？"

陈朝山眼眸带着笑意和赞许："你和你爸都是温和而强大的人。"

"温和强大？"梁晚莺记忆里的父亲绝对算不上一个温和的人。

"这种强大是指精神内核，你是一个很有精神力的人。"

受到他这么高的赞扬，梁晚莺不好意思地捋了捋鬓角垂落的发丝："我哪有你说得那么好。"

不远处，谢译桥面色不善地看着两人。

雨后的天空澄澈而明净，太阳从乌云中探出了脑袋，将天幕照亮。两个人一个坐着一个蹲着，男人握着女人的脚踝，抬头看向她眼中带笑，不知道说了些什么，但是能看出来聊得非常投机的样子。

女人含羞垂首，双颊微红，多么和谐的画面。

谢译桥拍了拍胸口，然后往下顺了顺气，长吸一口再呼出来，如此往复了几个轮回。

他这会儿非常想找一个合理分开两人的办法。可他摸了摸口袋，什么都没有，只能抬手恶狠狠地拔了一根随处可见的狗尾巴草。

很好很好，才走了一个青梅竹马的钟朗，又来了个志趣相投的医生。

他还就不信了。

谢译桥拿出手机想拨个电话，可是突然发现这里没有信号。

只有特定的地点，比如他和梁晚莺住的地方就是为数不多的有信号的地方。

这是周文杰为了方便两人更好地联系外界，所以特意准备的住处。

他将手机收起来。

算了，回去再打。一个医生而已，他不信会比钟朗那个青梅竹马还要难搞定。

Chapter 11
失而复得

谢译桥发现在家里是看不到梁晚莺的,但是在学校可以。

而且,现在孩子们都很喜欢他,当着他们的面,她也不会冷言冷语地赶他走。

于是,他现在比这些学生上课都准时。

到了中午,这次上来送餐的人有好几个,他让人准备了很多,想着这次能让这些孩子吃个尽兴。

他坐在灰色的石墩子上,被孩子们围在中间,开始分食物。

梁晚莺自己带了点饭菜,虽然没多美味,但是已经很好了。

分完餐以后,十几个孩子没有立刻离开,反而扭扭捏捏的,好像有什么话想说。

"怎么了?小不点们。"

"大哥哥,这是我最喜欢的东西,谢谢你给了我们这么好吃的食物。"一个小男孩伸出黑乎乎的拳头,拿出一只用青草编织而成的蚂蚱。

"这个是我的。"

"还有我的。"

拼装的小水车、用野草野花编织的花环，还有一块形状漂亮像月牙一样的石头和一支只剩半截的蜡笔等。

他的心脏好像被这些孩子小小的拳头攥了一下。虽然他送给他们的是相对昂贵的食物，但是在他眼里，这些根本算不了什么。

但是，他们给他的却是自己最珍惜的宝贝。

谢译桥看着这些简陋的小玩意儿，想到自己做了这么久的慈善，确实大部分都是噱头而已。今天，却因为一顿在他眼里非常稀松平常的午饭，竟收到了这样真心的回馈。

孩子们惴惴不安地看着他，生怕他不喜欢。

谢译桥突然笑了，这次的笑意多少带了点真心，不像之前假装出来的和蔼可亲。

他拿起那个用野草野花编织的花环扣到头上，又将其他的东西轻轻地放进了自己的衣服口袋。

还好他穿的都是带着大口袋的工装休闲风的衣服，不然还装不下。

"我很喜欢，"他挨个揉了揉他们的脑袋，"谢谢你们。"

孩子们听到他这样说，这才松了口气，抱着碗高高兴兴地找桌子去吃饭了。

梁晚莺透过破旧的窗户向外看去。高大英俊的男人，头顶一个花草编织的花环，却并不显得滑稽，反而柔和了他过于分明的五官，多出了几分柔和的英朗。

看着外面这一派其乐融融的景象，她难得看他没么不顺眼了，眼里露出一点笑容。

晚上，谢译桥在整理口袋里那些小玩意儿时看到那支蜡笔，想到他们连这种东西都当成宝贝……难道是没有彩笔、颜料之类的可以用吗？

谢译桥走到中间那堵低矮的围墙边，对着门那边喊道："梁老师，梁老师，我有话要跟你说，你在吗？"

梁晚莺本来不想理会他，可是架不住他一直喊，最后还是走了出来。

山里晚上根本没有所谓的路灯照明灯之类的东西，谢译桥手里提着一盏灯，站在围墙那边。

暖黄色的光晕以他的胸口为中心，向四周扩散。

看到梁晚莺走出来，他将灯向上提了一点。

灯光随着他移动的手照亮他的下巴、鼻尖，最后点亮了他的瞳孔。深邃而明亮的双眸，像是头顶闪烁的星光。

"你干吗？大半夜的。"

谢译桥拿出那支蜡笔："这是小不点们今天送我的礼物中的其中一个。"

"所以呢？"

"这东西都这么宝贝，他们是没有颜料可用吗？"

梁晚莺瞥了他一眼说："连铅笔写到最后他们都要用纸把笔头卷起来接着用，你觉得呢？"

"哦，原来如此。"

梁晚莺嘴角勾起一抹嘲讽之意："所以你当初捐赠颜料给那些看不见的孩子，真的非常可笑。"

谢译桥一时间竟无话可说。

第二天，谢译桥打电话让人送饭上来的时候顺便准备一些油画棒和水彩笔之类的东西带来。

他把这些东西送给这些孩子的时候，他们童稚的眼睛里的喜悦，像大雨天溢出来的井水，让人不禁感到心头凉爽又愉悦，还有一点心酸。

或许，这才是慈善真正的意义，即便他只是送了些不起眼的东西，但是他们脸上的笑容是那样明朗，仿佛抱着那些东西就拥有了全世界。

最近连下了几场暴雨，学校的那堵篱笆墙看着岌岌可危，趁今天有太阳，周文杰张罗着想要，赶紧加固一下，不然说不定再下雨的时候就倒了。

附近的村民也都过来帮忙。

别人都在忙忙碌碌，连梁晚莺也去打下手，只有谢译桥这么一个闲人。

他站在一边，看着那些脏兮兮的泥巴，又看了看自己身上干干净净的衣服和鞋，做了几分钟非常激烈的思想斗争，最终还是加入了。

梁晚莺正低头用一把铁锹搅和着泥巴，这里没有水泥，因为要背上来非常艰难，只能用这些黄泥来加固。

这时，他仿佛鼓足了非常大的勇气，才将一双看起来就养尊处优的手，用力插进了这堆泥里。

梁晚莺错愕地抬头看去，谢译桥臭着一张脸，捧起泥巴往墙上糊去，然后学着周文杰的样子抹平。

梁晚莺挑了挑眉，没想到他这样十指不沾阳春水的大少爷会主动干这种活儿。

一开始他还试图避免这些泥点溅到自己身上，后来发现根本没用，于是直接放弃。

可是卷起的衬衣袖管一直向下滑，他的双手现在全是泥巴，也没办法往上卷,于是凑到梁晚莺跟前道:"梁老师,帮我卷一下袖子吧。"

梁晚莺没有拒绝,将铁锹放在一边,拍了拍手上的灰尘,然后将男人垂落的衬衣袖子一点一点卷了上去。

她低头卷袖子的时候,男人就这样垂眼看着她。

虽然两人只分开了一个月,但是这样近距离地接触,仿佛过了很久。他和她已经很久没有这样安静地站在一起不吵不闹的时候了。

她垂下头给他挽袖口时,发丝落下来一点,他想要抬手去帮她拂一下,可是自己手上全都是泥巴,只好作罢。

那绺青丝落在他的手臂上,山风吹过时会来回飘动。

很痒。

她即便在做一件极小的事情,也会非常专注。

可是每次在她非常专注地做某件事时,他都会很想吻她。

梁晚莺察觉到一道炽热的视线在自己脸上徘徊,不由得心里一慌,加快了速度。

"好了。"她赶紧退后一步。

谢译桥抬手看了看两个被卷得整整齐齐的袖管,笑眯眯地说道:"谢谢梁老师。"

忙活了一整天,等围墙修缮完以后,谢译桥准备去洗手。

他直起腰向唯一的水龙头那里看了一眼,刚好看到梁晚莺正在洗手。

梁晚莺正在认真地打肥皂,一个男人凑了上来,他指尖微挑,将流动的水挑起来一点洒到她的手背。

梁晚莺向旁边挪了下,干脆让他先洗。

可是没想到他一把握住她的手,将她手上白色的泡沫给自己手上蹭了点,笑眯眯地说道:"借点肥皂泡。"

梁晚莺随便冲了冲就走了,她还要将工具还回去。

谢译桥洗过手以后,站在教室的房檐下,将已经弄脏的衬衣袖口随意往上一捋,露出线条流畅的小臂和银质的腕表,跟他现在的处境格格不入。

"谢先生,太谢谢你了。"

男人无所谓地笑了笑:"没关系。"

梁晚莺回来拿包的时候,看到了谢译桥。

现在的他不在那种锦衣玉食的环境中,举手投足间却多了一分地气与踏实感。他不再像是一朵漂亮而虚幻的玫瑰色云朵,总给人一种轻飘飘的不真实感。

男人看到她,眼神亮了亮,向她走过来。

"你的包。"

梁晚莺接过来,两个人一起往回走。

"梁老师,我想洗个澡。"

"你洗啊,跟我说干什么?"

"我不知道怎么洗,这里没有热水器,也没有淋浴间。"

"你可以在家里接水冲一冲,要么去河边洗,热水确实没有,实在要用就自己烧一下。"

"可是我的房子里没有烧水用的东西。"

梁晚莺语气还是有点硬,但是想到他今天的表现,稍微柔和了一些。

"那我帮你烧两桶吧。"

"好的。"男人笑眯眯地说道,"谢谢梁老师。"

谢译桥终于踏进了她的房间。

跟他那边一样简陋，不过也整理得很干净。她将灯打开，昏黄的白炽灯忽闪两下，灯丝才终于亮了起来。

他抬头看着那个接触不良的灯泡，挑了挑眉。

梁晚莺把水给他烧好倒进木桶，让他提走以后，自己也来到院子里洗换下来的脏衣服。

旁边哗啦啦的动静响个不停。

她抬头一看。

谢译桥换了一条沙滩裤，光着上身，就这样提起木桶，直接兜头冲了下去。

……这样洗多少热水能够他用啊。

真是大少爷心性！

果然，两桶水浇下去以后，他才意识到这个问题。不过他也没多做纠结，直接拧开水龙头用凉水擦拭了起来。清冽的山泉水顺着男人肌理分明的身体线条流淌，滑向看不见的地方。

他的后背线条优雅且带着力量，小臂在抬起水桶发力时青筋微鼓。她刚要收回目光，可是男人已经捕捉到她的视线。他抹了一把脸，五指插进乌黑的发丝，将头发向后一捋，露出光洁的额头。

男人走过来，隔着围墙，笑眯眯地说道："梁老师，帮我洗一下呗？"

梁晚莺脸瞬间红了："你要不要脸啊……"

男人轻声一笑："我说的是衬衫，你想到哪里去了？"

梁晚莺白了谢译桥一眼，晾好衣服就进屋了。

看她直接熄了灯，男人扬了扬眉尾，也回房间了。

他拿起手机，看到庄定发来一个文档，打开看了两眼。

前几天他让庄定查了关于陈朝山的资料，今天庄定已经整理好给他发过来了。让他没想到的是，这个陈医生居然是医科大的高才生。他还以为陈医生是子承父业之类的，没想到陈医生是受过正规教育的医生。

令人难以理解。

梁晚莺代课这几天，发现有个小女孩连着两天都没来上课。点完名以后，她询问道："小丫怎么两天都没来上课？你们有谁知道怎么回事吗？"

坐在最后排的壮壮小声说道："她生病了。"

"病了？什么病？有没有找陈医生去看看？"

壮壮摇了摇头。

梁晚莺有点担心，放学以后跟着壮壮一起去了小丫家里。

小女孩躺在一张破旧的土炕上，脸颊烧得通红，身边也没个大人。

梁晚莺赶紧上前两步，走过去喊道："小丫！小丫！"

小丫虚弱地睁开眼睛："梁老师……"

她转头道："壮壮，快去把陈医生请过来。"

"好！"壮壮应了一声，飞快地倒腾着两条腿跑出去了。

梁晚莺环顾四周，找到一条毛巾，浸湿后搭在她的额头："你病成这样，怎么不去看医生？"

小丫摇摇头说："我的病是治不好的，而且一直都没给过陈医生看病钱……我不想治了。"

"你怎么说这样的话？你的父母呢？"

"他们都不要我了……我一直跟着奶奶一起生活，她去地里摘菜要做饭。"

梁晚莺蹙紧眉心，不知道该说什么。

陈朝山很快过来了,给小丫打过退烧针,等她体温正常后,他才询问道:"我不是跟你说过好多次了吗?你这个病最怕感冒发烧,一定要保护好自己,有什么问题要及时找我。"

"嗯……"

"那你怎么拖到现在不去找我?要不是梁老师和壮壮,你准备就这样吗?多危险啊。"陈朝山难得有这么严厉的时候。

小丫低着头不说话,再抬起头的时候,已经挂了满脸的泪水。

"陈医生,我不想治了,反正最后都是要死的,我又干不了什么活,也走不了多远的路,这样拖着还一直连累别人。"

"你怎么能这样想?你好好听我的话,你才多大啊,你不是还有很多没见过想亲眼看看的东西吗?以后都是有希望见到的。"

从他们的对话中,梁晚莺慢慢知道了关于杜小丫的事情。

她有先天性心脏病,还是比较复杂的那种,即便是有良好的医疗条件,也至多活到成年,更何况还是在这样贫苦的大山里。

梁晚莺跟着陈朝山从小女孩家里出来的时候心情有些抑郁。之前她就觉得小姑娘瘦瘦的,说几个长句子都要气喘,还以为是营养不良。

小丫很喜欢跟在她身边问问题,眼睛大大的,看起来很乖巧。没想到,这么小的孩子居然有这么严重的心脏病。

陈朝山看着梁晚莺闷闷不乐的样子,拍了拍她的肩膀宽慰道:"别多想了。"

梁晚莺问道:"这个病真的没得治吗?钱的话可以募捐之类的……"

陈朝山说:"她这个病属于心脏病中很复杂的情况了,即便重金砸下去,效果也不会很好,更何况……"

"唉……"梁晚莺叹了口气，这世间总有那么多的可怜人，而个人的力量总是太过渺小。

"陈医生，你为什么愿意来这里当医生呢？"

陈朝山望着大山，眼神柔和："这片大山养育了我，这里的村民供养了我，我现在只是回报他们而已。"

"你很厉害，不是所有人都能有你这样的魄力。"她的眼神炽热而明亮，赞扬的时候也非常真挚。

被这样的眼神注视，陈朝山心下一动，突然抬手，却只是拂去她头顶的一片树叶。

"你也是个很厉害的女孩子。"

梁晚莺有点不好意思道："你老是夸我，其实我也没做什么。"

陈朝山说："只有你自己不觉得自己做了什么。"

梁晚莺笑道："就像你一样吗？"

"是啊，我只是做了我该做的事。"

"我也是，不过我可没办法跟你相提并论。"

两人相视一笑。

出来找梁晚莺的谢译桥，看到两人亲切友好的交流，瞬间感觉气又不顺了。

她什么时候用那种眼神看过他？

从来没有！

他们两个站在一起看起来是那么和谐而自然，仿佛是可以灵魂共振的知己，现在的她完全不像跟他在一起时那个样子。

即便在面对那个跟她相识了几十年的青梅竹马——钟朗，谢译桥都从来没有过这样的危机感。

男人默不作声地走上前将两人隔开。

梁晚莺问："你干吗？"

"我身体有点不舒服，想找陈医生看一看。"

陈朝山看了看谢译桥，也不在意，温和地说："那谢先生跟我来吧。"

梁晚莺也跟在后面想要一起去，可是谢译桥却挡住她说："你就别来了，不方便。"

"嗯？好吧，那我先回去了。"

等梁晚莺走后，他又对陈朝山说道："刚刚觉得有点不舒服，现在突然好了，就不麻烦陈医生了。"

陈朝山并不意外，点点头向他告别。

梁晚莺今天没睡那么早，她总觉得谢译桥去找陈医生有些不怀好意，于是就在庭院里一边洗衣服，一边等他。

她听到开门的动静，抬头看过去。

男人心情似乎不太好，走到围墙边默不作声地看着她，似乎想要在她身上盯出个洞来。

"莺莺。"

梁晚莺看了他一眼，问："你身体出什么问题了吗？这么严肃。"

男人的瞳孔小幅度地转动了一下，然后承认了："嗯。"

"不会吧，什么问题？"

"心口痛。"

由于刚看过得了心脏病的小丫，梁晚莺对这个问题有点敏感。

她擦了擦手，狐疑道："真的假的？陈医生有没有说到底怎么回事？"

话还没说完，谢译桥突然捂着胸口慢慢走到院中的那把躺椅上躺了下去。

梁晚莺吓了一跳，赶紧跑过去："你怎么了？不会真的有什么问题吧？以前我怎么没听你讲过？是不是不适应这里的环境？"

远处刮来的山风，将她的发丝吹起，落在他的脸颊。

他突然伸手抱住了她，她猝不及防地跌进了他的怀抱。

"你……"

男人将脸埋在她的颈部，说话时有细小的气流喷洒在她的耳郭。

"我真的好想你。"

"你不是心口痛吗？"

"是啊，想你想到心痛。"

梁晚莺的手按住他的胸膛试图起身，可是男人的手臂紧紧扣着她的腰不肯松开。

她面上一冷："放开我，我们现在不是可以这样亲密的关系。"

"那谁是呢？"

"什么？"

"你是不是喜欢上了那个医生，所以才对我这么冷漠？"

"与你无关。"

梁晚莺挣扎着想要起身，可生气的男人将她搂得更紧。

他的掌心仿佛有滚烫的烈焰燃烧，从她的后腰直接烧到了皮肉之下。

见她并没有干脆否认，谢译桥心头的那股无名之火更旺盛了。他贴近她，盯着她那双黑白分明的瞳仁，试图找出一丝过往的痕迹。

可是没有。

她的眼神像是头顶的月亮般没有丝毫波澜，他甚至找不到一点点留恋的样子。

他咬牙切齿道："你刚跟我分手都不到一个月，就有了别的男人，速度够快啊。当初跟钟朗分手,你过了好久才同意跟我在一起。"

提起钟朗的事,梁晚莺更来气了:"不要把别人想得都跟你一样,我和陈医生清清白白。"

"人家有信仰,懂得感恩,还有一颗仁心,你呢?除了钱,你还有什么?"

"有钱就可以拥有很多东西啊。"

梁晚莺挣脱他的怀抱:"你是一个没有信仰的人,但是不代表别人都没有。"

谢译桥扯了下嘴角,双眼冷得像是被冰冻过的琥珀:"那就等着瞧吧。"

"你又想干什么?"

"我就是想看看,他是不是真的有你口中说得那么高尚。"

"所以呢?你还想用当初对付钟朗的手段去试探别人吗?"

"如果他真有你说的那么高尚,就会足够坚定。"

梁晚莺站起身,眼里是满满的失望:"你果然还是以前的那个你,一点都没有变过。"

她冷冷地丢下这句话就离开了。

谢译桥坐在椅子上,迟迟没有动弹。头顶如寒霜一样的月光洒了满身,被山风一吹,抖落一身冰碴。

这里的秋天也终于到了。

虽然比 A 市迟了那么久,但是来得突然,几乎一下子就进入深秋挤入初冬,赶上了城市的脚步。

为什么?为什么他为了她甘愿来到这种地方干了很多自己之前绝不会参与也不会插手的事情,还要忍受这种糟糕的环境,就是为了能跟她多说两句话,可她还是这么绝情又冷漠。

她为什么可以这么快就放下一切,只有他还在原地,守着往日的温存,夜夜难眠。

他还跟以前一样?

不,以前的他何曾做过这样的事。他只是太害怕失去她了。

回到房间,他环顾这间并不算宽敞的小木屋,觉得自己实在太卑微了。

他将手机丢在床头,却不小心碰掉了一块石头,砸在地上,发出一声沉闷的碰撞。

他弯腰捡起来。

这是之前那群孩子送给他的礼物之一。石头掉落在地上的时候被摔成了两半。

谢译桥看着中间露出的那抹异样的纹路,神情慢慢地变得认真起来。

梁晚莺和谢译桥的关系又降到了冰点。

这几天,放学以后梁晚莺都会跟陈朝山一起去看看小丫。

感冒痊愈以后,小丫的病情也稳定了不少,只不过睡眠一直不太好,总是会惊醒。

"梁老师……"她眯着眼睛,奄奄一息地喊了一声。

梁晚莺握住小丫的手,觉得很心酸。这只手实在是太小了,她都不敢用力,生怕一不小心就会折断。

"你做噩梦了吗?"

"嗯……我好困,但是总是睡不好。"

"那我给你放点音乐。"

梁晚莺掏出手机给小丫放了一首舒缓的钢琴曲,然后轻轻拍着她的肩膀，女孩这才又安心地闭上了眼睛。

"好好听，梁老师。"

梁晚莺摸了摸她的小脸蛋说："那你就快点养好精神，去上学，以后我天天放给你听。"

"嗯嗯。"

等她睡着以后，梁晚莺才回到自己的住处。

对面连着几天都熄着灯，不见人影。

梁晚莺以为谢译桥最终还是坚持不住下山去了。

实际上，谢译桥并没有下山，反而准备要在这里常驻了。

他找来那天送他石头的那个小男孩，询问了小男孩在哪里捡到的石头，然后让庄定找来了勘测员对这片山地进行勘测。

果然不出他所料。

这座山有非常丰富的绿铜矿。

绿铜矿就是孔雀绿原石，是大然的颜料。如果成功开采出来，将是难以估量的巨大利润。

可是，矿山开采必然会对生态造成一定的危害。土地、农田、山体的稳定，也必定会遭到破坏和影响。

他跟这里的负责人洽谈了几天，始终没有谈拢。

"这段日子我观察过了，因为这里属于'直过民族'，而且道路不通，路不通则永远无法脱贫。如果我说，我可以给出一个双方利益最大化的补偿方案呢？"

"说来听听？"

"采矿所产生的不良影响无法避免，但是我们会尽最大的能力做到环保和可持续发展，并且，MAZE 会从所得的利润中拿出一部分来给你们在山下建房子、修路、盖学校，扶持农产品生产，提供更多的就业岗位。"

"您是认真的吗？"

"当然，我们可以签到协议里去。"

谢译桥和负责人商讨了几天细节上的东西，然后回到了住处。结果刚赶回来就看到了梁晚莺和陈朝山从杜小丫的家里出来。

最近因为小女孩的病情，两个人走得越来越近了。

他觉得无非就是钱的事，为了防止两人的关系进一步密切，他安排了一个知名的专家医生来给小女孩看诊，却得到了相同的答案。

"希望渺茫，除非心脏移植，但是供体也很难等到。"

杜小丫早已知道这些了，并没有显得多难过。她将一块石头放到谢译桥的手里说："听说大哥哥在找这种石头，我昨天去后山找到一颗，送给你。谢谢你送我们好吃的，还帮我找医生。"

她干瘦的手心躺着一颗未被雕琢的孔雀石原石，他伸手接过来。

这块石头被他攥在手心，硌得生痛。他的目的并不纯洁，即便是帮她找医生，也只是为了别的原因。但是这些孩子……每次都真诚得让他感到脸红。

他们从来不会心安理得地接受他的馈赠，总会用自己的方式表达感谢。

跟地方负责人谈妥以后，还需要申请采矿许可证，这些都有专门的人负责，谢译桥只需要等待结果就可以了。

在这段空闲的时间里，他找来专家对这里的村落进行规划统一建设。

谢译桥从勘测地点离开，路过陈朝山的诊所，思索片刻，迈开长腿走了进去。

陈朝山正在整理桌子上的病历，看到谢译桥过来便停下了手里的工作问道："谢先生，哪里不舒服吗？"

谢译桥并没有回答他的问题，反而问道："我听说你是医科大的高才生？"

"算是吧。"

"那你为什么会选择留在这个地方？"

"你为什么突然对我这么好奇？"

"只是觉得你应该继续深造，钻研精进医术，为医学事业做更大的贡献。"男人挑了挑眉，"你觉得呢？"

"我只想守护好这几个村落，为病痛的老人、孩子减轻一点痛苦，至于你说的那些，我没想过。"

"我知道，是这里的村民们养育了你，你想回报他们，可以理解。如果我既可以把你安排进重点医院或者研究所，也可以出资给这里的每个村子都安排上别的医生呢？你一个人的力量毕竟有限，这样不影响你报恩，还可以给村民们带来更好的医疗条件，不是吗？"

谢译桥觉得自己开出的这个条件简直完美，于情于理都让人难以拒绝。

果然，陈朝山这次并没有直接回答，而是垂眸想了片刻。

"非常有诱惑力的条件。"对于这个条件，他表示了肯定。

谢译桥嘴角一勾。

"但是我拒绝。"

他嘴角的弧度僵直，眯了眯眼睛，问："为什么？如果你真的为了他们好，就应该知道，我这样才是最好的安排。"

陈朝山站起来，走到门口。

他抬手指向外面层层叠叠的山脉。

"如果不是真正接纳大山的人,是留不下来的,这里太苦了,相信你来的这些天也都看到了,即便重金之下总有勇者,但是他们的心是不在这里的。而一个敷衍的医生,又怎么会用心对待他的患者呢?"

谢译桥没有说话。

他生出一种无力感。曾经在追求梁晚莺的时候经常会涌现的那种无力感,他现在在陈朝山身上也感受到了。

他们才是有相似灵魂的人。

而他不是。

这个突然冒出的想法让他极度不悦。

他想了很多,最后什么都没说,准备离开。

这座大山给了他太多的意外。

陈朝山突然叫住了他。

谢译桥没有回头,态度疏离而冷漠地说道:"怎么,改变主意了?"

陈朝山摇摇头道:"我知道你给扶贫基金会捐献了一大笔钱,最近还在做一些规划建设。虽然你有你的目的,但这些帮助都是实打实的,我很感激你现在做的这一切,也知道你的困扰,所以有两句建议不知道你想不想听。"

"哦?关于哪方面的?"谢译桥挑眉。

"是关于你和晚莺的。"

"说来听听。"

"你是一个内心极度空虚的人,而晚莺跟你则恰恰相反。"

"并没有。"谢译桥矢口否认,"我的生活相当丰富多彩,是你想不到的那种精彩。"

"物质上的丰富和心灵的贫瘠是不冲突的,你也不用着急反驳我。人都是这样的,会被跟自己完全不同的人吸引,但是想要真正走到一起又需要有相似的地方,这就是所谓的对立与统一。即便你物质资源相当丰富,但是若你不肯从心底改变自己,你们两个是注定走不到一起的。"

"你还学了心理学吗?"谢译桥嗤笑一声,虽然他口气有些不屑,但是神情微妙地变了变,身体也转了过来。

"有些东西很容易看出来。"

"哦?那你觉得我该怎么样呢?"

"对待感情,唯有真诚,才是最好的筹谋。"

"真诚?"谢译桥冷哼一声,"我觉得我已经很真诚了,我可从来没有为了一个女人做过这些事。"

"你觉得自己付出了很多,现在的一切都是为了她而做的,所以她就必须感动并且接受,这又何尝不是一种傲慢呢?你应该真正地低下头去好好思考一下,到底什么才是尊重与爱。"

山风在两个男人中间回旋,翩跹的衣摆发出啪嗒啪嗒的响声。

两人隔着两步远,从敌对状态,慢慢缓和。

谢译桥思索良久,眼中的敌意像夜幕下的海水渐渐褪去:"你为什么愿意跟我说这些?大家都是男人,我看得出,你对她是有好感的。"

陈朝山淡淡地笑了。

"我已经决定将一生奉献给大山,而她,有自己的人生。"

陈朝山的身体被庭院里微弱的白炽灯镀上一圈淡淡的光晕,脸因为逆光看不清表情,但是他的语气怅然而坚定。

虽然谢译桥非常不愿意承认,但是这个男人身上确实跟莺莺有非常相似的地方，他们的灵魂是富足的、强大的，是那种见惯世界残酷却依然能温柔对待这个世界的人。

"我很欣赏你。"

陈朝山淡淡一笑："我也从来都不是你的敌人。"

谢译桥在回去的路上，思考了很久。

有些事情，他不是想不到，只不过以前受了太多的追捧且久居高位，便一直觉得自己能稍微低头示弱，就已经是恩赐了。

恩赐。想到这个词，他勾唇自嘲般地笑了笑。

他在对待那些孩子时何尝不是这样的态度呢？

他随意施舍给他们一些自己毫不在乎的东西，看着他们感恩戴德，那颗虚荣而空乏的心仿佛就能被填满。

陈朝山说得对。

不管物质上有多么丰富，他的心是贫瘠又荒芜的。

谢译桥从勘测现场回来，绕了个弯去了学校。看到梁晚莺和做饭大婶正在院子里择菜，于是他也走了过去。

院子里有张石桌，周围立了几个圆圆的石墩子。

"我帮你。"他坐到梁晚莺旁边，拿起一把韭菜。

梁晚莺只是看了他一眼并没有说话。

谢译桥拿着韭菜看来看去，想要学着她的样子择一择。

他能在谈笑间拿下一些大项目，也可以游刃有余地完成自己想做的事，然而在面对这一把韭菜时，他居然觉得无从下手。

男人捏着长长的韭菜看了半天，显出几分窘迫。

旁边做饭的食堂大婶笑着说："哎哟，看你这双手就知道你不像是能做这种活儿的人，还是我来吧。"

梁晚莺默不作声地端起择好的韭菜、大葱和芹菜就去了水龙头那里清洗。

孩子们知道今天吃饺子，高兴得不得了，叽叽喳喳地围在她的身边。

"我要吃韭菜鸡蛋馅的。"

"我想吃肉，芹菜肉馅的。"

"我都想吃！"

梁晚莺笑着说："都有都有，三种馅儿呢。"

"耶！"

包饺子的时候，谢译桥又凑过来打下手。

可是这次梁晚莺也不是很会包，不能像食堂大婶那样包得又好看又紧实，她只能放点馅儿，把饺子皮一圈给捏起来就算完事。

她包得已经很勉强了，侧头一看，谢译桥包得更是惨不忍睹。

馅料加少了觉得干瘪不好吃，加多了又捏不上，一时间他进退两难。

大婶将两人从厨房轰了出去："你俩还是别帮倒忙了，等着吃就行了，出去出去。"

梁晚莺和谢译桥悻悻地从厨房走出来。

男人突然拉住她的手腕。

"莺莺。"

梁晚莺本不欲理他，但是抬头的时候看到他鼻尖沾上的面粉没忍住笑了一下。

看到她对他露出笑脸，谢译桥面上紧张的表情松弛了一些。

她赶紧正色道："你有事吗？"

"我这两天想了很多东西，我觉得你说的是对的。"谢译桥难得态度这么诚恳，"我以前确实太傲慢了，即便是跑到这种地方来找你,也只是为了自己,却还要表现出一副为你而来的样子。我会在思想上努力向你靠齐的,虽然一时半会儿可能很难做得那么到位,但是我会做出改变的。你再给我一次机会。"

梁晚莺道:"你总是喜欢说一些半真半假、让人捉摸不透的话,我实在没心情去猜是真是假。你要做什么就去做好了,不需要我给你机会。"

"我不要求你跟我和好,只想让你别对我这么冷漠,哪怕是像普通朋友那样相处。"

梁晚莺没说话,走了两步后又转头对他说道:"哦,对了,你鼻子上沾了面粉。"

谢译桥抬手一抹,看着指腹白色的粉末,明明出了糗,但他还是笑了。

他两步追上去,跟在她身后一起回了家。

梁晚莺洗漱好以后,打开电脑,准备整理一下自己最近以来的思路,先把方案雏形大致写一下。

突然又想到谢译桥刚刚说的话,她垂下眼睫,无意识地在纸上画了一些凌乱的线条。

谢译桥现在只要有时间就跟梁晚莺一起去上课,她讲课的时候,他就在外面帮忙做一些别的事,很快跟做饭打饭的几个大婶都混熟了。

"这小伙子真招人喜欢。"

"长得又好,还这么懂事。"

谢译桥被夸了也不脸红:"那就请婶子们帮我在梁老师面前多说说好话了。"

快到中午的时候,大婶儿们忙里忙外,谢译桥自告奋勇去厨房烧火。

做菜他不会,烧火肯定没问题。

梁晚莺正在讲数学题,突然看到旁边厨房里冒出来滚滚黑烟,还以为是着火了,她赶紧放下手中的书本跑进去看。

这里用电比较困难,所以做饭的时候还是要烧柴。

谢译桥也不知道怎么回事,搞了半天,火一直没点着,只会冒烟儿。

梁晚莺用手扇着烟雾,然后钻进去,看着猫腰蹲在那里的男人:"你在干吗啊?"

"莺莺,你快来帮我看看,这个火怎么点不起来?"

看到他塞得满满的灶台,梁晚莺无语道:"你这样怎么烧得起来?"

她撩起袖子,蹲下身,一只手捂着鼻子,另一只手把里面的柴火抽出来一些,然后指挥他拉几下风箱。

火终于点了起来。

两个人从浓烟滚滚的厨房出来,深深地呼了两口气。

做饭大婶提着菜从地里回来,看到两人的样子:"哎哟,你们两个这是怎么了,我就说放着我来,你弄不好的。"

谢译桥和梁晚莺对视一眼,看到对方脸上都蒙上了一层黑乎乎的烟灰,很是滑稽。

谢译桥想笑,但是被梁晚莺白了一眼后憋了回去。

他有些不好意思地用食指蹭了下鼻尖,突然想到了什么。抬手在人中部位左右抹了两下,他给自己画了个童话故事里国王活灵活现的卷胡子,然后粗声粗气地说道:"美丽的小夜莺,你愿意为我歌唱吗?"

梁晚莺看着他那个样子实在忍不住扑哧一声笑了出来。看到她笑,谢译桥也跟着笑了。

洗脸前,谢译桥拿起手机自拍了一张,不过只拍了下半张脸,还悄悄将梁晚莺的背影也收进了镜头,然后美滋滋地发了个朋友圈。

很快,下面的评论全是嘲笑他的。

【你这是去哪里改造了,搞得这么狼狈?】

【这还是我认识的那个风流潇洒的好哥们儿吗?】

谢译桥不紧不慢、大言不惭地统一回复道:【你们这群被金钱腐蚀的人根本不懂我的乐趣。】

席荣在看这条朋友圈的时候也出言嘲讽了他,简诗灵凑过去看了一眼。

"点开大图我也要看!"

晚上,梁晚莺就接到了简诗灵的视频电话。

"莺莺,真有你的啊!"

"怎么了?"

"谢译桥的朋友圈我看到了。没想到啊,我有生之年还能看到他吃爱情的苦。"

"什么朋友圈?"

简诗灵拿席荣的手机点开在镜头前晃了晃:"看到没?"

梁晚莺定睛一看,随即无奈地笑了笑。

"在那种地方,他一个养尊处优的大少爷,怎么过下来的啊?他居然还做那些事。"

简诗灵咂了咂嘴:"爱情真可怕,我可不要掉入爱情的陷阱。"

"嗯?"旁边传来一声不悦的男声,紧接着,一只男人的手臂出现在镜头里,一把搂住她的腰肢,"你刚才在说什么?"

简诗灵做了个鬼脸,赶紧跟梁晚莺告别,然后挂断了电话。

周末不用去学校,老师也差不多要回来了,梁晚莺好好把方案完善了一遍。

这些天相处下来,她觉得催泪不一定必须要用那些惨兮兮的风格。这里的所有人,在面对苦难的生活时,从来没有被打倒过。他们是包容的、接纳的、平和的。

还有什么比这些东西更能打动人呢?

她跟周文杰讲了讲自己大致的理念,周文杰不住地点头。

关于拍摄上,因为资金问题,请不起制作组,梁晚莺提议可以自己取材,后期剪辑,这样反而更显得真实。

谢译桥知道后,从公司带来了专业的摄像机和云台,自告奋勇地担任了摄影师这一角色。

梁晚莺已经不用代课了,她正在专心地写分镜稿子,壮壮突然来到她住的地方。

"梁老师,梁老师。"

"怎么了?"

"你快去学校一趟。"

"出什么事了吗?"

"你去了就知道了。"

看他跑得气喘吁吁的,梁晚莺还以为出事了,赶紧换了身衣服跟着他一起过去。

落日在瑰丽的云霞中滚动,那是太阳坠入地平线之前最后的挣扎。这片余晖落在男人的身上,赤色的霞光在他的肩颈流淌。他坐在一架奢华的黑色钢琴前，骨节分明的手轻放在黑白琴键上。

看到梁晚莺终于过来了，男人扬起一抹笑说道："梁老师，这首曲子送给你。"

旁边的孩子面露兴奋，起哄道："梁老师，梁老师，送给你的。"

梁晚莺没说话，只是静静地看着院中的男人。即便是在这样简陋的环境，没有那些光鲜大牌的皮鞋和西装，他依然是耀眼夺目的。

他身上简单的灰黑色运动服显得跟这架钢琴格格不入，可是就在他抬手的瞬间，一切都变得和谐起来。

他是能驾驭万物的人，指尖流淌出的音符像是山风，像是清泉。天空渐暗，星光闪烁，他坐在庭院中间，快速飞舞的手指仿佛在编织一个美丽的梦境。

孩子们渐渐安静了下来。一时间，除了远处偶尔传来的不知名的鸟叫，四周一片寂静。

星垂山野，月照江河。

谢译桥闭上眼睛，投入其中，脑子里却是她清晰的画像。她是捉摸不定的风，是遥远多变的山脉，是让人迷失的青雾，是他失而复得的爱人。这首曲子倾注了他这么久以来所有的感情。

一曲作罢，谢译桥睁开眼，眼含笑意看向梁晚莺。

可是没想到她面上并没有什么波动，只是微笑着看向老师说："天色不早了，快让孩子们回家吧，晚上山路不好走。"

察觉到两人之间不太对劲的气氛，老师赶紧带着孩子一起离开了。

"你怎么了？不高兴吗？"男人脸上的表情微微僵住，走上前拉住她。

等孩子走后，梁晚莺脸上的笑容便收了起来。她认真地反问道：

"这么大一架钢琴，运送上来很不容易吧？"

"这些都没什么。"

"可是，你花费这样庞大的人力物力，只是为了给我弹一首曲子？你觉得这样很浪漫吗？我觉得非常没有必要，以后不要再做这种事了。"她丢下这句话直接转身离开了。

谢译桥没有追上去，站在原地许久，影子慢慢被拉长，孤零零地在他脚下爬行。不知过了多久，他缓缓走到院中的石凳边坐下，高大的背影显得落寞。

月亮越升越高，将黑夜涂满银霜，此地万籁俱寂。

自从那天晚上说过谢译桥以后，可能是被伤了自尊心，梁晚莺两天都没有再见到他。

但是晚上的时候，院子那边的灯还是会亮，可见他还是住在这里。她忙着写稿了，也没有太多关注。

这天，她路过学校的时候，看到他居然在教孩子们弹钢琴。

谢译桥示意小丫过来，可是她怯怯的，不敢上前。

"小丫？你不是想学吗？怎么不过来？"

小丫看了看自己因为要帮奶奶干农活晒得黑乎乎的双手，又将其藏在身后，嗫嚅道："我的手好难看，不配碰这么漂亮的钢琴……"

谢译桥走过去，蹲下身。

男人修长干净的大手托起她枯瘦的小手，形成鲜明的对比。

"音乐是不会轻视任何人的，只要你喜欢，并且用心去学，没有什么配不配的。"

梁晚莺看着不远处跟孩子互动的男人，不禁驻足观看了许久。

他将小丫抱到钢琴凳上，然后让所有孩子都围过来。

他并没有直接讲解知识和技巧,而是让他们每个人都尝试去敲击按键感受一下触感和声音。

孩子们本来还有点拘谨,后来在他的鼓励下,都伸出了手。手感温润的琴键,悦耳动听的声音,让他们感到新奇。即便是毫无章法的弹奏,却莫名展现出了另一种最童稚而纯真的旋律。

梁晚莺看着这个美好的画面,用镜头记录下来。

她身边不知道什么时候多了个人,侧头一看,是另一名授课老师,看着她拍完以后,才开口说话。

"这架钢琴是捐给学校的,谢先生说希望孩子们见识过更多的东西以后,可以更努力地学习,也让他们知道自己的人生,还有更多的选择。"

梁晚莺的心口好像黑白琴键般被敲击了一下。

小丫看到梁晚莺站在门口,从凳子上跳下来:"梁老师,梁老师,钢琴好漂亮,好好听。"

梁晚莺摸了摸她的头发。

小丫接着说道:"之前您给我们画钢琴,我睡不着的时候还给我放音乐,后来大哥哥找了大城市的医生帮我看病,说是没有治愈希望。医生走了以后我睡不着,问大哥哥手机里有没有钢琴曲,我想听,大哥哥就给我找了个视频。钢琴好漂亮,我看着里面弹奏的人,想着自己可能永远也没有机会摸一摸这样漂亮的乐器,没想到大哥哥弄来一架并且准备教我们,我好高兴。"

梁晚莺这才知道自己误会谢译桥了。

她蹲下身对小丫说道:"所以小丫要坚强一点,养好身体,等你学会了就能自己弹奏出这么美妙的音符了。"

"嗯嗯,我一定会好好学习的!"

壮壮这时也跑过来说:"大哥哥说在教我们之前,弹的第一首曲子要送给梁老师,所以那天让我去喊你,可梁老师是不是不喜欢啊……"

梁晚莺抬眼看了看背对着自己的男人,他垂首看着琴键,看不出情绪。

只是那高大的背影稍显落寞。

"没有,我很喜欢。"

晚上,梁晚莺坐在院子里的木头椅子上等谢译桥回来。听到开门的动静,她赶紧站起来喊了他一声。男人怔了一下,却撇着头不肯看她。

"你把头转过来嘛,我有话跟你说。"

"就这么说吧,我可以听到。"

梁晚莺以为他生气了:"对不起……是我错怪你了,我那天不该那样说你。"

"哦……"

"你生气了吗?"

"没有。"

"那你怎么连头都不愿意扭一下?"

谢译桥没说话。

梁晚莺看他这个态度似乎是不想跟她讲话,不自在地扯了下衣摆,又小声地说了句"对不起",然后转头准备回房间。

她的声音好像有点伤心,谢译桥长叹一口气,伸手越过围墙拉住了她的手腕。

那天晚上他在学校院子里坐得太久,山里蚊子又多,他放空情绪也没注意到蚊子落在了脸上,所以那一侧脸颊被蚊子叮了个红红的包。

他觉得有点难看,所以不想被她看到。

梁晚莺扑哧一声笑了出来,莫名觉得他这个样子……有点可爱。

谢译桥无奈地说道:"好吧,能逗笑你我也不算被白叮了。"

"不过——"他话锋一转,突然伸出另一只胳膊掐住她的腰,像抱小孩子一样把她从围墙那边抱了过来。

梁晚莺被吓了一跳:"你干吗啊!"

男人将她抱过来以后也并没有松手,语气凉凉道:"梁老师的道歉我接受了,但是,我受伤的小心灵需要安抚一下。"

"怎么安抚?"

他低头凝视着她的眼睛,浅褐色的瞳孔仿佛有浓稠的蜂浆涌动。

梁晚莺结结巴巴地说道:"不能提太过分的要求。"

男人低低一笑,眼中仿佛有月光渗漏,仔细描摹着她的五官。

"可是,对于这个过分的范围,梁老师的判定尺度是什么呢?"

狡猾的男人将问题抛给了她,想让她亲口说出现在可接受的范围。

梁晚莺不欲回答,转身想逃跑,可男人在她转身的瞬间从后面拥住了她。

迷迭香和佛手柑混合的香味在夜幕下缓慢弥散,两个人叠合的身影被月光拉长。

"莺莺……"他的喉咙中发出一声喟叹。

他炽热的鼻息落在她耳郭,好像深沉的黑夜在她耳边吐出一颗轻飘飘的晚星,在她最薄弱的皮肤处烙下。紧接着,男人垂首,挺翘的鼻尖划过她的脖颈,像是在丈量她可忍耐的最高限度。那种像是过电般浑身汗毛都竖起的感觉,让她终于忍不住推开了他,然后急急忙忙地跑回了自己的院子。

片刻后,她从房间里拿出一盒红色铁盒包装的清凉油丢给他说:"涂抹一下这个,包会很快消下去,这里只有这种东西,更好的也没有,你爱用不用吧。"

她说完就慌慌张张地回到房间去了。

男人看着她的背影,摸了摸自己脸颊上被叮得痒痒的包,拧开盖子,闻着那股清凉入脑的薄荷味,突然觉得脸上这个包也不是那么令人难以接受了。

梁晚莺今天需要下山去镇上买点生活必需品,结果走到半路,下起了雨。雨中似乎还夹杂着一点点雪粒子,落在身上又冷又湿。

泥泞的山路还特别不好走,她好不容易下了山,看着自己不堪入目的裤脚,长叹了口气。

"哎哟哟,这不是我们梁大总监吗?"

梁晚莺抬头一看,居然在这里碰到了胡宾。胡宾怎么会来这种地方?

她皱了皱眉,不是很想理会他。可是他不依不饶地追上来,嘲笑道:"听说你被男人甩了,啧啧,好好的策划总监不做,躲到山里来了,你也觉得很丢人啊,我就知道谢总不过是玩玩而已。"

"哦?是吗?"梁晚莺懒得搭理他,继续往前走。

可是他跟在她屁股后面,有意无意地炫耀自己身上的名牌西装和手表,状似不经意般地说道:"哎呀,我离开融洲以后,也就在某五百强企业混了个小领导而已,还是比不上梁总监啊!"

梁晚莺呵呵笑了一下,说道:"怎么,是听从我的意见去了八卦网站当小编了吗？"

"当然不是！"

梁晚莺摇摇头，做出一副可惜的样子："要是听我的话，你现在说不定都当上大领导了，毕竟那里才是你的主场。"

"看看你现在这个样子，有什么资格嘲笑我？你被谢总甩了以后现在过得这么惨，还有什么可拽的。"

"哦？我怎么不知道这回事呢？"

一个淡漠的男声从后面传来，紧接着，她被人一把搂进了怀里。胡宾完全没想到会在这里看到谢译桥，脸上的表情瞬息万变。

谢译桥的瞳孔蒙上了一层荫翳，看向他时气势逼人："我们来这里度蜜月，怎么，你有意见？"

谁会在这种地方度蜜月！

不过胡宾完全没想到谢译桥也在这里，这跟他想象的场景完全不符。刚刚还趾高气扬嘲讽梁晚莺的他嚣张的气焰瞬间被浇灭，他张嘴想说什么，但是在强大的男人面前，他哑口无言，只能夹起尾巴狼狈地走了。

等胡宾走后，梁晚莺转身看向谢译桥："你怎么来了？"

他的发丝上也沾了点水汽，还有零星的雪粒子没来得及融化。

"我到处找不到你，听大婶儿说你下山了，不放心，所以跟过来看看。"

"那你也不拿把伞。"

"来得着急，忘记了。"

男人将大衣脱下来给她遮在头上。

"不用了，反正已经湿了。"

"降温了，我怕你生病。"然后又要跟某医生见面。

两个人同遮一件衣服,她整个人几乎被他环了起来。他的身上依然是那股迷人的冷香,但是加上了泥土和青草的气息,更加清新。

"你要买什么东西,跟我说一下,我找人买来给你送上去就好。"

梁晚莺是下来买卫生棉的,山里的女人用的还是草纸之类的东西,那些草纸都很粗糙,她看着都觉得用起来极为不舒服,但是她们都已经习惯了。

"我自己可以做的事,为什么要麻烦你呢?"

"梁老师说这话是不是太见外了。"

"如果你没有来这里呢?我还是要自己做。"

谢译桥认真地说道:"可是我在的时候希望你可以适当地依靠一下,即便我不在,你需要什么,只需一个电话,我也能给你安排得妥妥帖帖。"

梁晚莺抬头看了他一眼,两人的眼神撞上。两人本来就在一件衣服下躲雨,挨得特别近。眼神对上的时候,气氛就变得微妙起来。

男人突然幽幽地说了一句:"好想吻你啊。"

梁晚莺身体一僵,推开他就要从他怀里出去。最近气温骤降,被淋湿以后她感觉更冷了。从他温暖的怀抱中出来,梁晚莺的身体不受控制地打了个寒战,然后又被男人抱进了怀里。

他的体温比她要高一些。他宽阔的怀抱,给人一种能抵挡一切风雨的力量感。

"可以吗?梁老师。"

就知道他会蹬鼻子上脸。

梁晚莺用力推了他一把,强调道:"你不要得寸进尺,我们两个现在只能算是普通朋友而已。"

"好吧。"

谢译桥一向知进退。他故意模糊的边界被她重新清晰地划出，他也收回了试探。

两人终于走到可以通车的水泥路，梁晚莺一眼就看到了谢译桥的那辆越野车。

他的车居然一直都停在山脚下，也不怕出什么事情。她转念一想，也是，他的车多得像玩具一样，真的出什么意外大约也不怎么心疼。

由于谢译桥眼睛的问题，梁晚莺承担了开车的任务。

有了车以后，去镇上就快多了。

梁晚莺在路上看到有记者正在采访MAZE的工作人员，然后着重强调了他们的慈善环保理念。

谢译桥解释道："这些都是正常的宣传。"

梁晚莺无奈地说道："你不用跟我解释什么，我并没有那种觉得别人就应该默默做好事不能宣传的想法，你当然可以利用慈善活动来为你们宣传，前提是你真的做了。不然你用那些高高在上的施舍，做一些对这些民众毫无用处的事情，还要让他们感恩戴德，再宣扬自己多么的高风亮节真的很无耻……"

谢译桥点点头，虽然没说什么，但明显是认同了。

等车开到镇上的时候，不可避免地又看到了那些背着山货被压榨的村民。

今天下着雨夹雪，山路还特别不好走。

村民们背着一竹篓的山货，正跟那群黑心商人讨价还价。

"就没办法治一治这群奸商吗？"看着那些人趾高气扬的嘴脸，梁晚莺不禁捏紧了拳头气愤道。

"除非修好路，村民们掌握主动权，然后在这个信息渠道高度发达的今天，构建自己的销售渠道，不然这种情况是杜绝不了的。"

"我听说你和村里人达成了协议,要给他们修路、盖房子。"

"嗯,不过修路也不是一天两天的事情。"

"但总归是能看到希望了。"

谢译桥颔首道:"虽然路修好还要几年,但是索道我们准备提前修缮了,到时候最起码他们下山卖货就可以不用自己背下来了。"

梁晚莺又问道:"不过你是怎么发现这里有铜绿矿的?"

谢译桥把之前壮壮送给他那块石头的事告诉了她。

"所以,这可能就是,你心怀善意,也会得到善意的回报吧。"

谢译桥转头笑道:"梁老师说得对。"

这里有个小型的超市,生活用品比较齐全。

梁晚莺走到日用品区,准备挑几包卫生棉,叵是谢译桥一个大男人跟在她后面一起认真研究了起来。

"这个牌了的好用吗?你喜欢这种?"

梁晚莺虽然是现代女性,但是被他这样详细询问还是有点无语道:"你干吗啊?"

"记住你的喜好,下次你不方便的时候我帮你买。"

她有些无语。

梁晚莺买完东西以后,谢译桥不由分说地全部接了过来。

他的两只手提满了她刚买的东西,然后往停车的地方走去。

将车后备厢打开,他把东西全部放进去,合上后盖后,看向她笑道:"回家。"

为什么普普通通买点东西都能被他搞成一副老夫老妻逛超市的感觉?

快到山脚的时候,梁晚莺突然又想到了前面遇到的胡宾。

"怎么会在这种地方碰到他啊……"

谢译桥说:"他从你们公司离职后被创色挖去了,最近可能因为这个绿铜矿的事传得比较广,说不定是来探风来了。"

"创色为什么会用这么一个人……"梁晚莺觉得自己这话说得刻薄,但是她真的太讨厌胡宾了。

谢译桥嘴角勾了勾:"因为陈耕也蠢而不自知,真是可惜他爹生了他这么个不中用的东西。"

"嗯?"

"以前创色在他爹手里的时候还是很风光的,到了他手里以后就渐渐衰落了。"谢译桥说,"之前我父亲还在管理公司的时候,创色规模还很大,也一直试图打压吞并我们。只可惜他父亲去世后,他就越来越差劲,只会用一些下三烂的手段。这些事说起来都太过久远了,只能说,他野心不小,能力却没多少。"

"那还是要小心防范一下,万一他再出什么损招恶心人呢。"

"嗯。"谢译桥点点头,"对了,我最近要出国一趟,可能最近两天都不在这里。"

"你去呗,没必要跟我报备。"

"好吧,冷漠无情的梁老师。"

Chapter 12
她在爱意中沉浮

谢译桥这次去的海外公司正位于钟朗创业项目所在的国家，他叫来技术骨干询问钟朗的近况。

"之前扶持的那个项目负责人做得怎么样？"

"他啊，简直可以用拼命来形容，很多事情他都会亲力亲为，不太懂的地方也会非常努力地去学习，一点都不马虎，成长速度非常惊人。"

谢译桥并不意外，淡淡地说道："你们应该告诉他，一个领导者的思维，绝对不是事事亲力亲为，而是要学会选贤任能。"

"是。"

"我去看看。"

钟朗再一次见到谢译桥的时候，有些恍惚。这个男人一如从前，举手投足间都从容而游刃有余，但似乎有哪里变得不同了。

如果说以前他是一匹镶满金丝银线却虚幻而空乏的华美锦绣，现在则更像一座内容丰富的山脉，虽然一样被繁花簇拥，美不胜收，却更多了一份踏实的厚重感。

这小半年以来，他一直拼命工作，也难以清空脑子里那些纷乱的思绪。他明明选择了自己最渴望的东西，也告诉过自己绝不后悔，可午夜梦回的时候，脑子里全都是梁晚莺那张哭泣的脸。

除了梁伯父病逝的那天，这是他这么多年，第二次见到她哭成那个样子。

他给过她最真诚的承诺，最后却无情地撕开了她的伤口，然后头也不回地奔向了自己想要的前程。两人分开后再也没有联系过，但是偶尔看到她发的朋友圈，他知道，她在慢慢变好。

只不过，这种愈合与他无关。

他鼓足勇气叫住了谢译桥，男人转过身，两人目光交接。只一眼，对方就仿佛又看透了他所有的想法。

男人慢条斯理地整理了一下袖扣，问道："你有什么事吗？"

钟朗在这里历练半年，本以为自己已经成长了许多，在面对其他人时，他曾觉得自己有了一个成功人士的样子，也可以像谢译桥那样游刃有余。

可是，当他在面对谢译桥时，还是油然而生出一种虚飘飘的感觉。

"莺莺她……现在还好吗？"

谢译桥眉尾一挑，似笑非笑地看着他说："好又如何不好又如何？你还想要放下一切回去找她吗？"

"我……"

谢译桥走到钟朗身边，拍了拍他的肩膀："我给了你机会，你把握得不错，技术扶持期即将结束，你做出的成果很不错，我很欣慰，但是别回头也别贪心好吗？"

说完，谢译桥迈开长腿走出了会议室。

钟朗看着他的背影，低声自语："可是您也说过，成功的人是可以贪心的。"

梁晚莺这两天痛经痛得厉害,之前都没有这样过,也不知道是不是换了环境加上天气问题。

她捂着肚子面色惨淡地去找了陈朝山。

陈朝山看到她脸色这么不好,赶紧走过去,将她扶到椅子上:"怎么了?肚子痛?"

"我……可能是痛经,你这里有没有止痛药?"

陈朝山问道:"你以前痛过吗?"

"以前很少痛,也从未痛得这么厉害过。"

陈朝山从保温瓶里给她倒了一杯温水,递过来两片药:"你先吃两片药,等缓过劲儿以后再回去。"

谢译桥马不停蹄地赶回来,却没见到人,问了别人才知道梁晚莺身体不舒服去看医生了。

他踏进陈朝山的那个小诊所,一眼就看到了伏在桌边的梁晚莺。

她的怀里还抱着一个灌满热水的输液瓶,正放在小腹处取暖。

"你怎么了?哪里不舒服?"

"你回来了?"梁晚莺有气无力地说道,"没什么大事,就是肚子痛。"

谢译桥看向陈朝山:"怎么回事?"

陈朝山说:"女孩子痛经是正常的,晚上回去的时候多喝点热水,用暖瓶多焐焐。这边降温以后条件更艰苦了,一定要注意保暖。"

梁晚莺点点头,等药效上来以后痛楚稍减,起身准备回去。

谢译桥蹲下身,示意她上来。

"你干吗……"

"我背你回去。"

"不用了，没那么夸张，现在止痛药起作用了。"

"别废话，快点上来。"他的言辞间难得强硬，梁晚莺有点不好意思，最后在他的催促下不好意思地趴了上去。

外面飘着一点小雪，天气越来越冷了。

男人身上只穿了一件黑色的羊绒大衣，里面则是经典的西装三件套，看样子是从机场直接赶过来的。

男人宽阔的背脊在风雪中依然挺拔，即便是行走在这样难走的山路，他每一步依然都踩得很稳，不会让人感到半点不安。

盐粒一样的细雪落在他的头顶、睫毛上，像是挂雪的松针。梁晚莺抬手帮他拨了拨。

男人侧过头一笑，眉目间的冰雪瞬间消融。

山路崎岖难行，谢译桥背着梁晚莺走了二十多分钟。梁晚莺渐渐有点犯困，于是把头埋在他的颈窝处打起了瞌睡。

温热的呼吸像是软绵绵的云朵落在他的脖颈，他看着这崎岖不平的山路，感觉突然变成了美妙曲折的音律，他的步伐反而越发轻快了。

不知道过了多久，梁晚莺睡得迷迷糊糊的，不知道自己身在何处，只觉得屋子里热烘烘的，被子也好厚，就想把被子踢掉。

可是下一秒，她突然想起自己好像是被谢译桥从诊所背回来的。

那她现在在哪里？她脑子瞬间清醒。

她睁开眼，可是四周漆黑一片，只能感受到后背被男人的胸膛贴紧，腹部有一双温热的手正源源不断地散发着热意。

察觉到她的动静，男人的声音带了点鼻音："怎么了？"

"你你——你怎么在我床上？"

谢译桥的鼻腔中发出轻笑，胸口的震动清晰地传到她的后背："是你在我的床上。"

梁晚莺赶紧从床上爬起来，拉了下灯绳。房间被白炽灯昏黄的光照亮，她这才发现，确实不是自己的房间。

"你刚刚睡着了，我又没有你家的钥匙，只好先把你抱到我这里来了。"谢译桥解释道。

"那我先回去了。"她起身，想要下床。

男人半睁着一只眼，长臂一揽，将她又抱回了怀里，然后用被子将她裹得密不透风动弹不得。

他打了个哈欠，将灯一拉，声音含含糊糊地轻哄道："好了，先睡吧，有什么事明天再说。好困。"

他说完就闭上眼睛直接睡了过去。

梁晚莺被困在他怀里起来也不是，不起也不是，最后只好卸了身上的力道。

算了，还是等他睡熟以后再离开吧。

等了许久，直到他的呼吸声渐渐平稳，手臂的力量松懈，她小心翼翼地将他的胳膊挪开，然后掀开了被子。

她睡在靠墙的一侧，而男人在外侧，她轻手轻脚地准备从他身上翻过去。

可是就在她以为终于可以在没有惊动他的前提下越过去的时候，男人突然伸手抱住了她。

四目相对，气氛瞬间非常尴尬。

男人嘴角的笑意带着一点坏，手臂稍一用力，支撑她身体的力道瞬间瓦解，她结结实实地摔在了他的身上。

"梁老师大半夜不睡觉,是想偷袭我吗?"

梁晚莺又羞又躁,急忙说道:"我才没有!"

"那你是想干什么坏事?"

"我只是想下床而已!"

男人点了点头,但是他面上却一副根本不相信的样子。

梁晚莺挣扎着想要起身,垂落的发丝落在男人的颈部。

他突然抬起了一只手,先是将她凌乱的发丝勾在耳后,然后用手指描摹了下她耳朵的轮廓。她头皮发紧,反抗的力道瞬间松懈,再一次贴紧了他的胸膛。他温热的指腹顺着她的耳垂来到她的唇瓣,他用拇指缓慢轻抚了一下。梁晚莺条件反射般想要舔一下嘴唇,却不承想碰到了他的手指。

男人深吸了一口气,她慌忙闭紧嘴巴。

谢译桥将她的手指放在自己的唇上抿了一下,低缓地笑道:"也算是吻到了。"

外面明明下着大雪,可是梁晚莺感觉自己全身都要烧起来了。

她现在是一动也不敢动。

"还走吗?"

"不走了,不走了。"

"那就乖乖睡觉。"

"你不许说话也不许看我。"

男人轻笑一声,收紧手臂,心满意足地闭上了眼睛。

第二天一大早,药效过去,梁晚莺的小腹又开始隐隐作痛了。

身后的男人好像还没醒,她不想吵醒他,想着还是再忍一下好了。

当阵痛又一次传来的时候,她用力按住小腹,微微蜷起身体,没忍住轻轻地"哟"了一声。

可是这一点小小的动静还是被男人察觉到了，他撑起身体，手握住她的肩膀将她的身体转过来，问道："怎么了？"

"你醒了啊。"

谢译桥早就醒了，只不过不想打破这个温馨的场面，所以一直没动。

梁晚莺撑起身，长发顺着肩膀滑落，苍白的脸上带着点痛苦的神情。

"我估计还得再吃一次药。"

"又疼了？"谢译桥立刻从床上爬起来，从桌上的保温瓶里给她倒了杯热水。

"你的药呢？"

"在外套的口袋里。"

谢译桥从她的衣服里翻到，抠开锡箔纸，递给她两片。

等她把药片吞下去后，他用指腹擦拭了一下她嘴角的水渍问道："你还要在这里待多久？"

这个动作让她联想到昨晚深夜的事情，她被搞得有点不好意思，侧了侧头，捧着玻璃水杯，垂眸想了想说："应该差不多了，下个月大概就能回去了。"

"下个月。"谢译桥思索两秒说，"那就要到年底了。"

"嗯。"

"今年过年……"

"怎么了？"

"我去你家拜个年？"

"嗯？"梁晚莺转过头，"为什么要来我家，我家里人又不认识你。"

"就是因为不认识才要多走动走动。"

梁晚莺说:"没那个必要吧,我们住的地方又远。"

"以后总要去的。"

谢译桥坐回床上,一把抱住被被子包裹得像个粽子一样的梁晚莺,幽幽地说道:"梁老师什么时候能给我个重新上位的机会?"

不说这个还好,一说起这个,梁晚莺突然沉默了。刚刚还算和谐融洽的气氛慢慢冷凝了下来。房顶的雪似乎透过天花板慢慢地渗透进了屋里。

空气骤然凝滞了几分,在这样的沉默中,谢译桥心里咯噔一下,发觉自己好像操之过急了。

果然,梁晚莺默默地放下水杯,然后下了床。

"你现在的改变我是看得到的,但是我顾虑的东西很多,也不想在同一个地方跌倒两次。"

"我不会再像以前一样了。"谢译桥握住她的双手郑重其事地说,"一开始我确实心态有问题,也不清楚自己的感情,但是我现在真的非常确定自己的心意,也是认真思虑过想和你重新开始。"

梁晚莺没有说话,拿起自己的外套穿在身上,然后低头将纽扣一粒一粒扣好,这才开口。

"信任被打碎了,就很难再建立起来。"

"我……"

"我没有不相信你的意思,但是感情这种事真的很难说清楚。就像每对情侣在热恋时说过的海誓山盟一样,当时说的话、许下的誓言也许都是发自真心的,但是人心变化令人难以捉摸,有时候我们连自己的心都看不明白。我也不知道这会不会又是一次你心血来潮的追逐游戏,也或者是你因为这段关系在热恋期乍然结束而感到意难平,等清醒过后或者再次得到,就会觉得也不过如此。"

她推开门走了出去,背影决然:"谢谢你昨晚对我的照顾。"

外面下了一整晚的雪,所有的地方都被大雪覆盖。有几片雪花在开门时被风吹了进来,摇摇摆摆地落到地上。很快就融化了,徒留一点潮湿的痕迹,但是在转眼间就干涸了。

刚刚还觉得很温暖的房间顿时冷如冰窖。为什么只是少了个人,温度就会降了这么多?

谢译桥本来心急想要推一下进展,可是没想到梁晚莺刚刚探出一点头,现在又直接缩回了壳里。她开始拒绝他的一切接触,不给他任何暧昧的空间,两个人的关系又回到了原点。

谢译桥感到很苦闷,回公司处理公务的时候,接到了席荣的电话。

"听说你从山上下来了?"

"嗯,回公司处理一点事情。"

"晚上要不要一起喝酒?"

"没心情。"

"别啊,你为了追女人,在大山里一待就是好久,真是有了女人不要兄弟了?"席荣说,"而且有什么问题,可以咨询咨询我啊,我可是恋爱大师。"

如果是以前,谢译桥肯定要嘲笑席荣两句,只是现在他实在是没心情,但还是答应了赴约。

晚上,在酒吧包厢,谢译桥一杯接一杯地喝着闷酒,也不说话。席荣将胳膊搭在他的肩膀上说:"你到底怎么了?都这么久了,还没搞定?"

"本来我俩的关系好不容易缓和了,现在她又不理我了。"男人的声音听着多少有点委屈。

席荣本来想调侃他两句，可是看着他这副愁云惨淡的样子，也不想再雪上加霜了。

"你们关系是怎么缓和的？我帮你想想办法。"

"因为一点小事她误会了我，觉得愧疚，来跟我道歉，然后我趁机拉近关系，她可能觉得对不起我，然后就没太拒绝，就这样缓和了很多。"

"那你就继续用这招呗。"

"什么意思？"

"苦肉计啊。"席荣恨铁不成钢道，"你想，她觉得自己对不起你的时候会主动靠近你，那你只要让自己受点委屈不就行了吗？"

谢译桥想了想，觉得靠谱。他拍了拍席荣的肩膀："果然是你。"

席荣得意扬扬地说道："我可是行家。"

"是啊。"

"你就是被惯坏了。"席荣想起自己把简诗灵弄生气以后，那个低声下气的样子，不愧是难兄难弟。

还好他现在挺过来了。

席荣说："她不是以前追你的那些女人了，你想追到手肯定要放下身段。"

"那我也没见你放下身段啊？"

席荣眯了下眼睛，舔了下后槽牙："那肯定是在你看不见的时候。"

谢译桥看着他那个表情，嫌弃道："得了。"

"喊，我好心开导你，你还嫌弃上了。"席荣起身，将杯中最后一口酒喝掉，起身挥挥手，"我回去抱我女朋友了，你自己愁苦吧。"

席荣走后，谢译桥躺在憩公馆松软的大床上，思索着他说的话。

他本来准备在家里多待上几天，可是想到梁晚莺还在大山上，于是也没多做停留。

第二天他就去了商场，想找一个合适的取暖设备。往后这一个月会越来越冷，他一个大男人都有点受不了，她恐怕更难挨。这次生理期她痛成那样，指不定就是冻到了。

他看来看去，在售货员热情的推销下，还是拒绝了供电款，最终选定了一款用炭的暖炉。

梁晚莺将自己包裹得厚厚的，正在整理素材。

可是现在天太冷了，她握着鼠标的手都要冻僵了，只能做一会儿就把手放到热水袋里暖一会儿。

想到她自己最多再待一个月就可以离开了，而这里的村民世世代代都是这么过来的，瞬间觉得更是心酸了，希望自己这样微薄的力量可以帮助到他们一点。

正想着，她突然听到有人敲门，于是起身开门。

谢译桥提着两袋看起来很重的东西，站在她门口。雪下得太大，落了他满身。他身上穿着一件靛青色的大衣，白雪堆积在他的肩部，像是被大雪覆盖的山脉。

"莺莺，我给你送个东西。"

"这是什么啊？"

"你不是还要待一个多月吗？后面会更冷，我就去买了个暖炉，不然太冷了。"

"不用了吧……"

"要用。"

他直接走进去，把东西放下，然后拍了拍肩头的雪。

这个炉子需要简单组装一下。

梁晚莺看着他忙碌的样子，本来想拒绝他的好意，可是瞥见他白皙修长的手指被勒出两条明显的红印子，瞬间有点说不出口了。

"你……就这么提上山来的？"

因为气候不好，他的工程都停掉了，所以他完全不必耗在这里，跟她一起忍受这样极端恶劣的环境。

"没什么，也不是很重。"

他默默地将炉子装好，放在墙角，然后点燃了炭，将火生了起来。房间的温度渐渐上来，火光将他镀上一层温暖的色调。

"我走了，你晚上睡觉的时候拿得远一点，温度太高的话怕会有危险。"

梁晚莺叫住他："你还是拿回去自己用吧，我没事的，你也不用对我这么好。"

高大的男人转过身，垂首低声下气地说道："你现在不愿意接受我也没关系，你的担忧我也可以理解，你不高兴的话我不会再提了，但是别拒绝我的好意，也别对我这么冷漠好吗？"

他这话说得卑微，梁晚莺张了张嘴，最后什么也没说，只是点了点头。

男人松了口气，眉目舒展开来，对她笑了笑说："你忙吧，我回去了，有什么需要帮忙的尽管来找我。即便是朋友，我也会很乐意帮忙的。"

梁晚莺看着他在风雪中的背影，突然跑上前去，将自己手里的电热水袋塞到了他的怀里。

"这个给你，插电就能用。"

谢译桥看着手里的小熊热水袋,心情很好地回屋了。

这么冷的天,孩子们还要走这么难走的山路去上学。梁晚莺频频听到有孩子摔倒的消息,有点担忧,于是去学校看了看。让她没想到的是,谢译桥居然也在这里。

她有些意外。

做饭大婶说:"这小伙儿说的那是啥话,咦,还挺好听,就是听不懂。"

梁晚莺扑哧一笑,解释道:"是英文,现在城市的学生都很早就开始接受外语教育了。"

他长身玉立,单手捏着一本翻折的英语书,站在简陋的讲台上,眉眼温润柔和。他另一只手捏着一支白色的粉笔,在黑板上写下二十六个英文字母。

孩子们觉得这种语言很新奇,闹着要他读一段,谢译桥将手里的书本放下。

他思索片刻,手里握着那根竹子制成的教鞭一下一下地敲击着掌心,然后启唇念出了一首英文诗:

You are like a deep night

你像一个深沉的黑夜

with it's stillness and constellations.

拥有寂静与群星。

For my dreams of your image that blossoms

你在我梦里的样子

a rose in the deeps of my heart

犹如一朵玫瑰，绽放在我内心最深处

前面这几句是外国诗人的诗句被他随意拼接组合成了一首新的诗歌。

他念到一半，似有所感般转头看了过来。他的目光透过简陋破旧的窗户，与立于风雪中的她遥遥对视。窗外大雪弥漫，两人的视线穿过飞扬的雪花在冰冷的空气中相撞。

男人嘴角微勾，话锋一转，在最后自己又添加了一句。

——You are the most beautiful color in the mysterious and vast universe.

——你是神秘浩瀚的宇宙中最美的颜色。

晚上。

梁晚莺正在写方案，谢译桥可怜兮兮地跑过来敲她的房门。

"怎么了？"

"我的房间好冷，能不能来你这里暖和暖和？"高大的男人垂首看着她，眼里带着恳求。

炉子是他准备的，她又有什么拒绝的理由呢？况且，他这样养尊处优的人，耐不住风寒还要陪着她留在这里，她也着实有点过意不去。

梁晚莺侧过身子让他进来了。

他走到火炉边，伸出双手正反都烤了烤。男人的皮肤本就白皙，被冻过以后，指节处都隐隐泛红。

"你怎么去教课了啊？"梁晚莺随便找了个话题说道。

"英语教材发下来了,但是教课的老师还没找到,要年后落实了,这不是孩子们马上要放寒假了,我闲着也是闲着,就先去教两天,培养一点他们对外语的兴趣。"

梁晚莺点点头。

"你忙你的吧,不用管我。"谢译桥说道。

她这个房间只有一张椅子,他在这里都没有坐的地方。

谢译桥表示没关系,然后把自己房间的躺椅搬了过来。躺椅上多了一个松软的厚垫子,他向后一靠,打开笔记本电脑处理邮件。

梁晚莺就坐在旁边写东西。

女人低着头,白皙的脖颈弯成柔软的弧度。

被他的目光盯得不自在,她转头睨了他一眼:"看我干什么?你没事做吗?"

谢译桥笑了笑,低头登录邮箱开始做自己的事情。

两人在这个小小的房间各自处理自己的事情,互不打扰,却显得格外和谐。

笔尖摩擦着纸张的声音、键盘打字的声音,还有外面几不可闻的下雪的声音。

身后键盘的敲击声不知什么时候停了下来,梁晚莺忙完以后放下手中的笔,转头一看,男人把电脑放在大腿上,人已经睡着了。

他的眉宇间有轻微的疲惫之色,想到他最近总是山上山下来回跑,即便是再有好的车,山路也得自己走。

她走过去轻手轻脚地将他的电脑端起来放到一旁,然后轻轻地推了推他。

一个大男人缩在躺椅上睡觉,明天肯定要腰酸背痛了。

谢译桥半睁双眼看着她,慵懒的声音带了一点喑哑:"怎么了?"

"这样睡多难受,回房间睡吧。"

尝到甜头的男人继续装可怜:"我的房间特别冷,我可以留在你这里跟你一起睡吗?"

梁晚莺的房间里只有个单人床,两个人的话很挤:"那你在这里睡,我去你那里。"

"别别别。"他立刻精神了,利落地起身说,"我怎么舍得冻到你呢?"

梁晚莺看着他的背影,叹了口气。

元旦要到了,这里有个习俗,每年一月一都要举办一场节庆。

受地理位置影响,也没有特别大的场面,就是把全村人召集在一起,用他们传统的乐器击鼓敲槌,意寓着赶走霉运,好好迎接新的一年。

这里难得的还能放烟花和鞭炮。

梁晚莺和谢译桥也被邀请一起参加。

村民们拿出只有他们这里少数民族特有的乐器,梁晚莺也不知道那些乐器叫什么,只觉得新奇。

他们手中拍出有节奏的鼓点,嘴里唱着不知名也听不懂的调子,在人群中间燃起一团炽热明亮的篝火,然后将准备好的特色食物和酒水摆上来,大家一起开怀畅饮,喝到全身发热时跳舞。

梁晚莺在音乐方面实在没有天赋,只能含笑看着他们玩,中间被人拉了好多次,她都笑着摆了摆手。

这里有一种当地特制的米酒,入口绵柔丝滑,她一连喝了好几碗,身体都渐渐地暖融融了起来。

谢译桥在不远处,被村民们拉着一起跳舞。他也并不推辞,随着鼓点有节奏地幅度不大地晃动着身体，带着一种慵懒的性感。

他今天也喝多了酒，有点微醺的感觉，所以，这样的他更加迷人了。无论身处何地，只要他一出现，就永远会是人群视线的中心。

发丝被风吹得有点乱，他抬手向后一捋，然后朝她望来。风雪落于他的眉眼间，他随意拨弄了一下，肆意又落拓。

梁晚莺感觉差不多了准备回去，站起身时没想到米酒的后劲上来了。

她摇晃了一下身体，被人从身后扶住。

"谢……谢谢。"

"梁小姐实在客气。"

这样狎昵的语气，将她的回忆拉到了当初在度假村的情景。那个时候两人都还不熟悉，他已经开始明里暗里地暗示自己了。想到这里，她气哼哼地一把甩开他的手，摇摇晃晃地往住的地方走。

"怎么突然生气了？"

男人追上来，搀扶住走不成直线的女人。

梁晚莺站定，大着舌头指控道："之前在度假村的海边，那些巧合是不是都是你故意制造的？"

谢译桥想了两秒钟才想起她说的那些事，勾了勾嘴角，低声道："说起这个，MAZE 的员工都要感谢你呢。"

"嗯？"她歪头看向他，"什么意思？"

"要不是为了见你，我都不会安排这次活动。"

梁晚莺嘟囔一句："诡计多端。"

男人纠正道："是足智多谋。"

"你还干了什么我不知道的？趁今天辞旧迎新，我们不要把旧账拖到明年，你老实交代。"

"那次钟朗的车坏掉,然后载你们回家……也是我做了手脚。"

"哈,我就知道,你才不是那么好心的人。"

雪地湿滑,她好几次差点摔倒,还好男人身形很稳,每次都能及时搀住她。就这样深一脚浅一脚,两人终于来到了住处,梁晚莺拿着钥匙怎么也打不开那把锁。

男人温热的掌心包裹住她的手,施加了一点力,带着她的手找到了锁孔。

走进屋内,她去找电灯的拉绳开关,可是不知道哪里出了问题,一连拉了好多次,都没有亮起来。

"唔……怎么回事啊?"梁晚莺郁闷地又拉了两遍,始终没有看到灯泡亮起。

"可能是灯泡坏了吧。"

"那就算了,明天再修吧,你也回去吧。"

男人低低地"嗯"了一声,然后既不说话,也没有要离开的意思。

在这样黑暗的环境中,滋生了一种奇怪的情绪。衣摆的摩擦声都被放大了无数倍,让人有一种难言的心慌。

他搀扶她的那只手,顺着她的手腕慢慢向上攀爬,滚烫的鼻息从她的头顶落下,炽热的呼吸在后颈和耳郭处徘徊,却并没有贴上来。可是这若有似无的气息,更加折磨人。

茫茫雪色和月光混合,从窗户里爬进来,勉强带来一点点模糊不清的光明。视线依然受阻,却隐约可以看到一点轮廓。

"莺莺……"

"嗯?"她下意识地转头想要去看他,可是就在刚刚转过去的那一秒,带着滚烫热意的唇瓣就逼了上来。

时隔数月,两人终于又一次唇齿相贴。

她有些经受不住，伸出一只手向后试图推开他。

源源不断的热意将她烫得一缩，正欲收回时，却被男人用力扣住了手腕。

"梁老师……"他微微松开她的唇，鼻尖相抵，留出说话的空隙。

她心跳如鼓，好像有什么看不见的东西正在黑夜与酒精的双重加持下失控。

房间内热意翻滚，火炉烧得正旺。

窗外有烟花炸开，短暂地照亮房间内的一切，又在转瞬间变成一片漆黑。

她在爱意中沉浮。

第二天睡醒，梁晚莺头还有些痛。看着横亘在自己腰间的那只手臂，她的表情空白了两秒。

昨天是怎么就发展到了这个地步……

她虽然有点醉，但并没有断片，发生了什么她都是清楚的，只是不知道怎的，居然就放任了他。

两人挤在这张仅有一米二的单人床上，只能紧紧相拥，才勉强能睡下。

她被他严丝合缝地嵌进怀中，他的下巴抵着她的头顶，轻缓的鼻息落下，像是舒缓的晨雾。

"莺莺，让我抱着你再睡一会儿。"男人的嗓音低沉而沙哑，带着朦胧的睡意。

梁晚莺没好气地转过身："你快点给我起来！"

她转身本是想要推开他，可是男人一把又将她揽回了怀中。

"你快回你的房间去。"

谢译桥哼哼了两声："我还没抱够，你再让我抱一会儿，就一小会儿。"

"不行!"

男人深深地叹气:"梁老师可真无情,刚起就开始赶人了。"

梁晚莺也很郁闷。她还有些东西没有理清楚,就因为喝了点酒,那些抵抗的心理全都丢到了一旁。

梁晚莺又抬头看了看那个坏掉的灯泡。可恶,坏得真是时候。

看到她的眼神游移到天花板的灯泡,谢译桥的表情微微变了一点,赶忙说道:"等下我去买个新灯泡帮你换掉。"

"哦……"

她的心情有点奇怪,直接背对着他说道:"那你快回去吧。"

男人没有说话,她听到他靠近的动静。紧接着,男人温热的掌心握住女人露在被子外圆润的肩头,然后将她的身体转过来,在她额头落下一个轻柔的吻,然后出去了。

"早安。"

等谢译桥走后,梁晚莺才从被窝中爬起来准备穿衣服。那个轻飘飘的吻的触感还依稀存在,她抬手摸了摸那片皮肤,思绪复杂。

中午的时候,谢译桥从外面的小店里买了个灯泡来给她换。

梁晚莺在自己坐的那把椅子上垫了张纸让他踩上去。

她在下面扶着:"你慢点哦。"

"嗯。"

"你怎么会干这种活儿啊?"梁晚莺抬着头非常好奇,"之前你怕是都没见过这种东西吧。"

这样的白炽灯泡,在他的住处基本不可能见到的。

谢译桥手一顿,敷衍道:"随便研究一下就懂了。"

"哦。"梁晚莺也没再多想。

等装好灯泡以后，他从椅子上下来，拍了拍手上的灰尘："你下周有什么事吗？"

"怎么了？"

"我看到附近有个可以滑雪的地方，地理位置很好，想带你一起去玩玩。"

"我又不会。"

"我可以教你啊。"

梁晚莺看了看窗外厚厚的积雪，觉得冷飕飕的。

"还是算了吧。"她对那些极限运动可不怎么感兴趣。

"别算了啊，"谢译桥继续游说道，"到时候我还准备带着那群孩子一起去，我和他们都讲好了，我怕照看不过来，他们也从来没有玩过，很兴奋。"

梁晚莺想着自己快要离开了，最后跟他们相处一下也挺好的，于是点点头同意了。

下午，她将粗剪出来的片子发给周文杰。

"如果可以的话，我就要收尾了，你看看有没有要改的地方。"梁晚莺解释道，"因为资金问题，这是最省钱的方案了，而且虽然不如专业的制作组做得精细，但是贵在真实。"

她选取了他们辛苦劳作的样子，背着竹楼下山去卖东西还要被压价的无奈，还有生活加诸给他们的种种困难。

除此之外，她又选取了一些积极向上的镜头，比如孩子们收到礼物时天真的笑脸，修补学校时的齐心协力，元旦时充满温馨而富有生活诗意的节庆等等。

这样的生活并不体面，也不轻松，但是他们从不抱怨。他们用自己的双手，将这苦难的生活涂抹得黝黑发亮——在这群人的身上，有我们民族过去的影子。

曾经的人们都是这么苦过来的,可是现在,我们已经步入了高速发展的现代社会,而他们还停留在过去。

因为这座大山,阻碍了他们的发展。踏入文明社会对我们来说过渡得如此自然,而他们还在为了温饱挣扎。

……

周文杰看过以后连连赞叹:"很好,比我想的还要好,完全是我想要表达的意思。我觉得这些平凡又朴素的情感,往往最能治愈人心并且感动所有人。"

梁晚莺看着这连绵的山脉,忧心忡忡地说道:"在以前,我从来不敢相信现在还有这样的地方。"

周文杰说道:"2012年,贫困人口接近一亿,自国家2013年精准扶贫的政策开展以来,用了将近十年的时间,已经帮助很多很多贫困村解决了温饱、教育、医疗和住房问题,这里因为各方面的原因,比较棘手,所以迟迟没有彻底解决,单单是水电方面的基础设施都已经用了很长的时间建设了。不过以后,以后肯定会越来越好的,谢先生不是和政府合作共同建设发展吗?想必也用不了多长时间了。"

"嗯。"

回到家以后,梁晚莺开始做收尾工作。她去网络上搜集关于贫困地区的资料时,偶然发现了谢译桥不知道什么时候,默默地把之前被她讽刺过的那些虚假慈善全都弥补了。

关于视障儿童的慈善捐献,他把颜料改为医疗,还投资了一个为视障人士讲电影的项目,让那些无法看到的人可以通过别人的讲解而听懂电影的内容,而且还捐赠了很多改善视力的仪器,为那些没有全盲的人士提供医疗救助。

他在没有信号的地方架设了信号塔，给供电困难的地方捐钱做基础建设。

为不会使用智能手机的老人找了专门的人负责教学：如何使用微信、如何发语音、如何跟他们的子女视频聊天。

他还出资开了门店，专门用来帮老人解决不会使用手机或者手机出现问题维修的后续服务。

原来她当初说过的话，他全都听进去并且认真进行了重新规划。可是他从来都没有跟她提过这些。她正想着这件事，她的手机突然振动了两下。

是谢译桥的消息：【宝贝，晚上你想吃什么？我给你带回去，今天把工作都处理完了，后面几天都没什么事。】

梁晚莺看着那个肉麻的称呼，一副受不了的表情回复道：【好好说话。】

谢译桥：【看来你还是更喜欢我喊你梁小姐或者梁老师？】

梁晚莺回复道：【你还是不要来回跑了，山路不好走，你来这里又没什么事，累不累啊。】

谢译桥说：【看不见你的时候更累。】

梁晚莺不知该怎么回。

谢译桥：【如果你愿意给我充充电，那就更好了。】

梁晚莺觉得这个对话不能再进行下去了，她已经练就了一种在他要说不怀好意的话之前就立刻察觉到的第六感。

可是，即便她没有回复，男人还是孜孜不倦地发来消息。

他发了一条语音，然后附加了一张菜谱。

"你挑一些爱吃的，最近我看你瘦了好多，那天晚上抱你的时候，腰上一点肉都没有了,真担心稍微用点力就给折断了。"

谢译桥说晚上要回来,可是梁晚莺看天都黑透了也没看到他人。

她有点担心。这样的冬夜,山路特别难走,如果这么晚了都没到家的话,那也太危险了。

她给他发了好几条消息,都像石沉大海了一样。心里慌得厉害,她工作时也静不下心来。

听到一点动静她都要站起来向窗外看一眼。最后,她实在忍不住了,套上羽绒服,准备到上山的那条必经之路去看一看。

她坐在村口的那块大石头上,一直向下张望。冬天的夜晚,冷得刺骨,她才坐了二十分钟不到,脚都快冻僵了,干脆站起来蹦一蹦跳一跳还能稍微暖和一点。

谢译桥走到半山腰的时候,老远就看到了拿着手电筒在那里蹦来蹦去的女人。

梁晚莺穿着鼓鼓囊囊的羽绒服,头发上还落了点雪。

男人拿出手机点亮屏幕,向她挥了挥。

梁晚莺看到他,也高兴地摆了摆手,终于松了口气。

谢译桥看着她那张灿烂可爱的笑脸,弯了弯嘴角。有一种说不清的感觉从他心口涌现,就像是一簇沉寂已久被冰雪覆盖的篝火被她的笑脸重新点燃,然后将一身风雪融化。

"你怎么在这里,冷不冷?"他将手里的保温箱放下,然后握住她的双手揉了揉。

"怎么这么冰,你在这儿等了多久啊?"

梁晚莺摇摇头:"没多久,你说要回来,我看都这么晚了,给你发消息你也没回复,担心你会出什么事。毕竟山路这么难走,万一再碰见什么野兽呢……"

男人低低地笑了一声，然后将自己身上那条卡其色围巾取下，围在她的脖子上，绕了两圈。

"我不冷，我穿着羽绒服呢，倒是你……"她看了看他身上的大衣，"真是要风度不要温度。"

"没事，爬了两个小时的山一点也不冷。"

"我都说了让你不要回来了。"

谢译桥抬手拨弄了一下飞到她睫毛上的两片雪花："只要是来见你，无论多么难走的路我都走得高兴。"

梁晚莺眨了眨眼睛，没有说话。

回到房间里，他打开保温箱，里面装了很多吃的，拿出来的时候还是热的。

梁晚莺无奈道："我都吃过晚饭了。"

"没关系，你再吃一点，我还不知道你，估计就喝了点粥吧。"

最近她肚子里确实没什么油水，饿得很快，傍晚五六点吃完饭，现在好像是有点饿了。

谢译桥递给她一双筷子："我也还没吃，就当陪我了。"

两人围在炉火边吃过晚饭以后，将这些东西收拾好，已经快要十点钟了。

十点钟的山里不像在大城市里那么灯火通明。外面黑黢黢的，山风呼啸，四周一片寂静。

梁晚莺看着坐在躺椅上捏着眉心，显出几分疲累的谢译桥，想到他住的那间破旧还有些漏风的小屋犹豫着要不要开口让他回去。

"要不……你今晚就睡这里吧？"

男人听到以后，抬起头，眼睛一亮。

"你别误会！"她慌忙解释，"我的意思是，你的房间实在太冷了，估计睡也睡不好,今天这么累,就先在我这里凑合一晚上,但是,你可别想干别的。"

谢译桥起身,慢条斯理地将身上的大衣脱下:"好好好,我保证不干别的。"

这张小小的单人床,睡两个人实在是……太拥挤了。

梁晚莺爬起来说:"我还是睡躺椅吧,我个子不高,没那么难受,而且我也不累。"

"那怎么行。"男人一把将她按在了床上,"你乖乖睡觉,我已经跟你保证了,你还担心什么?"

"好吧……"

梁晚莺觉得自己还是太天真了。

周末,谢译桥组织孩子们一起下山去滑雪场的时候,他们都高兴坏了,早早地跑到他们住的地方,眼巴巴地等着。

本来准备上午十点再出发,花两个小时下山,玩几个小时傍晚刚好回来,可是看到他们兴奋的样子,两人决定提前出发。

"小丫呢?"

壮壮说:"小丫没办法爬山,上下山都有危险……"

因为心脏问题,她也受不了剧烈的颠簸。

梁晚莺去找了她。

小姑娘正在洗菜,寒冬腊月,手泡在冷水里,冻得通红。

看到她来,小丫惊喜地说道:"梁老师,你怎么来了?"

"怕小丫难过。"

小丫摇摇头说:"没关系,我不喜欢玩那些,我等下去做完家务就去学校练琴。我有钢琴就够了,你们好好玩,不用担心我。"

梁晚莺摸了摸她的头发："那我就放心了。"

谢译桥安排了一辆大巴把孩子们接过去，那个滑雪场离这里说远不远，说近也不近，中间还要穿过一片荒山野岭，才能到达。

孩子们坐大巴，他和梁晚莺在前面带路。

大约半个小时，终于到达了目的地。

因为地势原因，这里有天然的雪山可以滑。

不过像梁晚莺和这些初次学习滑雪的孩子，只能在缓坡和平地先适应一下。

谢译桥安排了两个教练去教孩子，他则亲自教梁晚莺。

"你想尝试单板还是双板的？"

梁晚莺不懂这个："哪个简单一点？"

"双板对初学者友好一点。"

"那就学这个吧。"

谢译桥没有用滑雪场的器具，他在自己的越野车后面准备了高端精良的设备。

他把双板给了梁晚莺，自己用单板。

"你把脚套进这里，双脚呈内八倒扣，这样就可以站起来了。"他一边说，一边搀扶着她慢慢地往前走。

梁晚莺根据他的指示，终于颤颤巍巍地站了起来。

她小心翼翼地抬起脚试图往前走走，可是因为重心不稳，再加上不经常锻炼核心力量也比较弱，一个不注意就向后仰去。

"啊啊啊——"

在她以为自己要摔个四仰八叉的时候，谢译桥一把抱住了她。

本来他是能稳住她的身形的，可是她的撑杆打到了他的腿。

于是，两个人一起倒在了雪地上。

梁晚莺觉得有点丢脸，她穿着厚厚的滑雪服倒摔得不痛，可是脚上的滑雪板让她起身也变得艰难。

两人就这样一起倒在雪地上，谢译桥也不说将她扶起来。

"你要一直这样给我当人肉垫子吗？"

男人在她身下笑了笑，然后伸出胳膊搂住了她的腰。

"其实这样跟你一起躺在雪地里赏景，也挺不错的。"

"你还真是浪漫主义者，我只知道这样一直躺着会很冷……"

谢译桥低声笑了笑，混合着落下的雪花，一起飘进了她的耳郭。

"我所有浪漫的行为，都只与你有关。"

旁边的孩子看到两人，起哄道："梁老师和大哥哥，羞羞！"

梁晚莺脸红了，赶紧推了推他："你快把我扶起来，教坏小孩子。"

男人眼眸中满是笑意，然后掐住她的腰肢，一把将她抱了起来。

谢译桥帮她拍了拍身上的雪，然后点了点起哄的小孩："不该看的别看啊。"

"那你不许欺负梁老师！"

"好好好。"谢译桥假装投降，"我哪敢欺负你们梁老师啊，她在我这里可是说一不二的。"

壮壮嘴快道："那你之前还故意搞坏了梁老师的灯泡。"

梁晚莺猛地转过头："壮壮，你过来。"

谢译桥在梁晚莺身后对着壮壮比画了一个嘴巴拉拉链的动作。壮壮这才发觉自己说漏嘴了，眼珠滴溜溜地乱转。

"壮壮，你告诉梁老师，灯泡怎么了？"

"梁老师，没什么没什么……"他见势不妙，撒丫子就跑。

梁晚莺转过头来，眯了眯眼睛说道："说说吧，我房间那个灯泡到底怎么回事？"

谢译桥捞起雪地上黑色的滑雪板摆正："那个什么，我给你表演一下空中飞人。"

说着，他踩上去就利索地滑远了。

"谢译桥，你这个浑蛋——"

他顺着低矮的山坡向更陡峭的山坡行进，越滑越快，越跳越高。

他冲上高高的跳台，在空中做了一个超高难度动作，下落时身躯弯成一道完美的弧度，然后单手帅气地在滑雪板边沿抹了一下，滑雪板与地面撞击，雪粒在力的作用下四处飞溅开来。

他在一片雪雾中前行，冲向最高那座陡峭的山坡，惯性将他的身体抛到高空，优越的核心力量扭转，在空中做了一个帅气的回旋，他每一次跳跃与旋转，都能激起所有人的惊叹。

梁晚莺已经见识过他太多这样的时刻了，可这一次依然被惊艳到。那矫健而敏捷的身姿，就像是天空与大地的征服者。

他做最后一个空中转体时，双臂张开。紧接着，随着他的下落，漫山遍野的花瓣从各处喷涌，背后的阳光也像是融进了花朵，在雪地无限蔓延，将这片纯净的白染成了极致浪漫的红。

到处都弥漫着花的香味。

红与白，爱与诚。

雪花与花瓣交织，他在这片绚烂的美景中踏雪而来，就像是掌管寒冬的雪之神明，俊美而优雅。

他不知从哪里拿出一束开得正旺盛的玫瑰，单膝跪地举到梁晚莺面前。

"莺莺，再给我一次机会，让我们重新开始吧。"

滑雪场有很多滑雪爱好者，看到这个场面都不禁发出了惊叹。

孩子们全围了过来,那些滑雪业余爱好者也都踩着板子滑了过来,一起起哄道。

"梁老师!答应他!"

"答应他!答应他!"

两个人在此之前,更亲密的事也做了,她抗拒的心理早已在一步一步瓦解。

围观的人越来越多,梁晚莺接过花赶紧说道:"你快起来吧,我答应你可以试试看,不过,你搞这么大阵仗干什么……"

"时间仓促,不然我还能准备得更好更浪漫。"

"这么多花瓣怎么打扫啊?会不会影响这里的滑雪场地?"

"这么大的雪很快就覆盖掉了,不会影响。"谢译桥站起来,捏了捏她的鼻尖,"你还真是务实主义。"

傍晚时分,雪越来越大了,谢译桥让大巴司机将孩子们先送回去,他和梁晚莺要去一趟旁边的超市买些日用品。

买完东西以后,谢译桥将手中的两大包东西放进后备厢,然后将梁晚莺稳稳地扶了上去。

谢译桥自己长腿长脚,非常轻松地就上了车,坐到副驾驶后,顺手打开广播,里面传来"嗞嗞"的电流声音。他随手调了个频道,里面传出播音员带着电磁感的声音。

"这里是FM107.6,欢迎大家收听,今日有大到暴雪,注意保暖……"

广播里温柔的女声在空气中飘荡,梁晚莺看向窗外。

雪从一开始的小颗粒已经变成了一朵一朵像棉絮一样的形状。大雪将一切覆盖,万物凝固。之前她在老家和工作的城市,都很难看到这样的大雪。

车里暖气开得很足，她专注着前面的道路。突然，汽车一个剧烈颠簸。

"啊——"梁晚莺紧急熄火。

谢译桥转过头问道："撞到哪里了？"

"头。"

男人将她的手腕拿下，看着红了一片的额头，用掌心慢慢帮她揉了揉。

"疼吗？"

"还好，车怎么了？"

"好像是掉到坑里了，我下去看看。"

因为被大雪覆盖，所以路况很难判断，谢译桥下车用手机手电筒照亮路面，然后观察了一下。

他发现刚刚转弯时，后面两个车轮掉进了一个大坑里。

"这可怎么办？"梁晚莺也跟着下来了，看到这糟糕的境地，担忧地问道。

他让她重新坐到驾驶座："你等下踩油门，我在后面推，试试看能不能推出来。"

"嗯嗯。"

油门轰鸣，车轮飞速旋转，可是车子始终上不来。

越野车本身就重，以他们两人的力量，很难推出来。

又因为下雨，路面非常湿滑，坑也很深，更加难上加难。

谢译桥蹙眉看着这个僵局，"啧"了一声，然后打开后备厢，拿出一条毛毯，递给了梁晚莺。

她看着他严肃的表情，问道："是不是不太好？"

男人望了望黑黢黢的四周："现在这个车肯定是出不来了，但是如果我们步行的话,可能会迷失方向,而且离山脚还很远。"

梁晚莺抿了抿唇,是啊,在这样一个前不着村后不着店的地方,真是进退两难。走肯定是走不回去的,但是在车里,燃油也不够开一晚上空调的。雪势越来越凶猛,一副要将两人埋了的样子。

这可怎么办?

谢译桥在地上抓了一把干净的雪洗了洗手,看到她焦虑的表情,敲了敲车窗。

梁晚莺转头看过去。

都到这个时候了,也不知道他是为了安抚她,还是真的很乐观,在车窗玻璃上呵了一口气,白色的雾气将他英朗的五官模糊,然后他抬起手,在这片雾气上,画了一只小鸟的图案,又在旁边画了一个笑脸。

梁晚莺无奈地笑了:"都什么时候了,你还有心情开玩笑。"

男人弯了弯嘴角:"你在车里等我一下,把车门锁好,我去四周看看有没有什么能垫一下的砖头之类的东西。"

"我跟你一起去。"

"不行。"男人强硬地拒绝了,"你乖乖在车里待着,我就在这周围随便看一看。"

谢译桥打开手电筒,转了好大一圈都没有找到砖头,而且这附近真的是荒无人烟,一户人家也没有。

手机快没电了,也没找到有信号的地方,他终于放弃,回到了车上。看了看油量,只够再支撑两三个小时了。

两个人沉默了一会儿。

谢译桥抱住了她。

"这样更暖和。"

两个人都没有说话。

她枕在他宽阔温暖的肩膀上,看着外面的雪花,半晌后开口问道:"你以前见过这么大的雪吗?"

"嗯,爱沙尼亚、芬兰、奥地利的雪景都很美。"

梁晚莺点点头。

"也是,你滑雪滑得那么好,肯定去过很多地方滑雪。"

她点头时发丝会在他的脖颈扫来扫去,痒痒的,男人吻了吻她的头顶。

"之前,我从来没有觉得人生可以如此美好,那些极限运动不过是一种麻木自己的方式,我需要巨大刺激将我空虚的灵魂填充完满,试图用这种方法找到存在的意义。可是现在,我好像找到了答案。"

"是什么?"

男人转过头垂眸看向她。

在唇齿相接之前,他低声道出了答案。

"你。我爱你,莺莺。"

温热的唇瓣贴上来,耳边是舒缓的电台女声,还在轻声细语地播报着不知名的节目。

她鼻息间充盈着男人身上清浅的木质香调,在这样的极冷的夜里,车内温暖如春。

时间一点一点地过去,燃油即将耗尽。

两人抱得更紧了。

"谢译桥。"她突然喊了他的名字。

"嗯?"男人的鼻尖亲昵地蹭了蹭她,并没有拉开很大的距离。

"如果这次有惊无险,我们就……好好在一起吧。"

也不要什么试试看了,也不要考察了,就这样在一起吧。如果明天和意外一起到来，那么就趁现在，抓紧时间相爱吧。

"梁老师——"

"谢先生——"

话音刚落，梁晚莺就听到了远处传来的声音。

遥遥地，有手电筒的光照来照去，她看到那些熟悉的村民，正冒着大雪，深一脚浅一脚地向他们走来。

"这里这里——"

她赶紧打开手机点亮屏幕激动地挥了挥。

男人眉眼带笑："来得真是时候，再早一点，恐怕都听不到那句话了。"

"你们怎么来了？"梁晚莺问道。

"周主任傍晚的时候收到谢先生的信息说让接应孩子，你们晚点回来，可是我看到你们的房间一直黑着，这么晚了还没回来，想着可能是出事了，果然。"

"你们帮了我们好多忙，我们必须要找到你们，绝对不能让你们出事。"

"大家伙儿，来帮忙一起把车抬出来！"

"好嘞。"

梁晚莺看着这些冒着如此大的风雪，走了不知道多久才找到这里的村民，眼眶有些热热的。这应该是她最有价值的一次远征，即便这里只有黄土和大山，但是她体会了最淳朴、原始的情感，冲破贫穷的桎梏，释放出温暖而耀眼的光芒。

梁晚莺在车上轰着油门，村民们在车后用力地往前推着。

黑色的车轮从泥潭中慢慢攀爬，终于开了出来，卸下力的那一刻，大家都松了口气。

谢译桥掏出香烟一人递了一根:"太谢谢大家了,要不是你们,我们今晚怕是麻烦了。"

村民们憨厚地笑着摆了摆手。

"没事没事,别客气。"

车子还有一点点油,谢译桥让大家上车一起挤一下好赶紧回家。

车又开了不到半个小时燃油彻底耗尽。不过好在,他们离山脚已经不远了。

开车都要这么久,可以想象他们在这个暴雪弥漫的夜晚步行走了多久。有的人一看就是滑落了山坡,身上还有泥土和枯草。等爬上山到了住处时,已经是深夜了。

真是奇妙而曲折的一天,又因为来回奔波了好久,两人现在都很累了。简单洗漱了一下,两人相拥而卧,很快就陷入了酣甜的梦中。

第二天,阳光透过窗户爬进来。

梁晚莺睁开眼睛,醒了醒神,然后推了推像八爪鱼一样缠住自己的男人。

"几点了?"

谢译桥闭着眼睛摸到一旁的手机,打开看了一眼:"十点。"

"那我们赶紧起床吧,今天还要收拾东西下山。"

"再睡一会儿,反正也没多少东西可收拾的。"

"不行,路上还要好久,再晚回去又要到深夜了。"

"好吧。"

男人用力抱了她一下,伸了个懒腰,从床上坐了起来。

"……快点穿衣服!"梁晚莺不好意思地推了他一下。

两人收拾好行李准备下山。

周文杰、陈朝山和那些学生，还有几个熟悉的村民都过来准备送送他们。陈朝山和谢译桥站在一起，两个高大的男人站在山头，一个沉着踏实，一个意气风发。

陈朝山看着不远处和孩子们一一拥抱告别的女人说道："好好对她，她真的是个很不错的女孩子。"

"当然，不用你说。"谢译桥懒洋洋地说道。

在两个男人话题中的女人完全不知情，她跟最后一个孩子拥抱过后，起身对陈朝山挥了挥手，露出一个大大的笑脸："陈医生，我会记得你的。"

陈朝山微微一笑，点了点头。

谢译桥两步跨过去，一把揽过她的肩膀，凉凉地说道："随便记记就行了，可别一直放在心里。"

"什么嘛。"梁晚莺推了他一下。

众人还准备送他们下山，但是两人考虑到来回一趟太辛苦了，于是阻止了他们的行动。

梁晚莺和谢译桥走了两步转身挥手道："再见。"

"梁老师，再见！我们会想你的！"

"我也会想你们的。"

在大家送别的目光中，男人和女人的身影慢慢消失在了曲折的山路上。

Chapter 13
豁达与释怀

这次因为要开回市区,谢译桥提前叫了司机等在山脚,还顺便加满了油。上车以后,梁晚莺看着窗外一直没有说话。

　　男人握住她的手,把玩着女人细细的手指,问道:"想什么呢?"

　　"没想什么,就是心情有点复杂。"

　　"我懂,不过没关系,以后还有机会来的,这边矿物开采还要很久,以后等建设好了,再带你过来看看。"男人将她的头按到胸前,安抚地拍了拍。

　　"嗯。"

　　谢译桥让司机直接开去了憩公馆。到达目的地的时候,天果然已经黑了。

　　梁晚莺眨了眨眼睛说:"为什么都不问问我就把我带到你家来了。"

　　"以后就是我们家了。"

　　梁晚莺休整了两天才回到公司开始上班。

但是也工作不了多久，毕竟还有半个月就要过春节了。

好几个月不见，施影看到她回来，愣了一下，然后跑过来狠狠地抱住了她。

"你到底去哪里了啊！我还以为你辞职了，问老大也不说！我还说你好没良心，走也不跟人说一声。"

"就是为一个项目实地考察去了。"梁晚莺大致解释了一下，"当时有点不能说的理由，所以就只跟老板说了一下。"

"晚莺，你瘦了好多。"小金凑过来，"很辛苦吧？"

"还好，我倒是感觉更健康了。"毕竟在城市里工作，每天上班坐着，下班回家就躺着，四肢都快蜕化了。

"晚莺回来了啊。"程谷刚好从茶水间出来，他手里端着一杯刚泡好的咖啡，看到她以后走过来，打量了两眼说，"瘦了点还黑了点，真是难为你一个女孩子跑到那种地方去。"

"没什么，除了条件艰苦一点，那里的人都挺好的。"

程谷点点头说："去跟老板报备一声吧。"

"好的。"

梁晚莺整理好自己的工位，来到了喻晋的办公室。她敲了三下门，等喻晋开口才推门进去。

"老板，我回来了。"

"坐。"喻晋点点头，"你这个方案做得不错，扶贫基金会募捐到了更多的善款。"

"那就好。"

"今年发年终奖的时候，我会多给你一份，就当你这段时间的辛苦费了。"

"谢谢老板。"

"好了，你去忙吧，快到年末了，很多地方要进行年终大促，工作更多了。"

"好。"

梁晚莺刚一回来就投入到了紧张的工作中，紧赶慢赶，总算是在过年之前把要紧的项目忙完了。年底谢译桥也要忙公司的一些事务，时间上不凑巧，以至于回来半个月两人总是凑不到一起去，直到放假的前一天才终于又见到了面。

"你那个工作干脆别做了，我想见你一面都这么难。"

"前段时间确实太忙了。"梁晚莺说，"你自己不也在忙嘛。"

谢译桥挑眉，换了话题："过年时你要不要带我见见家长？"

"啊？"他这话问得突然，梁晚莺怔了一下，说，"我还没想好怎么跟我妈说呢，再等等吧。"

梁晚莺心里其实还有一点自己的小九九。

毕竟，虽然她和谢译桥相处了这么久，但是真正在一起的时间并不多，而且两个人各方面的条件悬殊，她怕万一到时候又出现什么问题，家里那边还要重新交代，想想就很麻烦，还是再磨合磨合好了。

谢译桥没再强求，询问了她什么时间回去，然后联系了司机到时候来送她。梁晚莺也没有推辞，毕竟年底车票实在是太难买了。

两人正说着话，谢译桥的手机突然响了。他看了一眼来电显示，走到旁边去接。虽然听不清楚那边说了什么，但梁晚莺还是第一次看到谢译桥这么无奈的表情。

等他挂断电话，她好奇地问："谁啊？让你露出这副表情。"

"我妈。"谢译桥捏了捏眉心，"你不愿意让我去你家的话，那什么时候跟我回家？"

"啊？"

"每年过年回去我都觉得可怕，我妈的碎碎念简直比所有武器的杀伤力都大。"

"催婚吗？"

"是啊。"说起这个，谢译桥突然直起身，"你回去你妈肯定也要问你，你可不许偷偷摸摸去相亲啊。"

"说什么呢，我才不会呢。"

男人叹了口气道："所以我们的事情要早点提上日程了，大家都开心。"

"到时候再看吧。"

听着她敷衍的语气，谢译桥愤愤地捏了捏她的脸说："我走了，公司还有点事要处理。"

"嗯嗯，路上小心。"

男人告别完了却不动。

梁晚莺疑惑地看着他："怎么了？"

谢译桥无奈道："你这个不解风情的女人，这么久没见，连个Goodbye kiss（告别吻）都没有吗？"

梁晚莺恍然大悟，摆了摆手示意他弯下腰，然后在他的唇上亲了一下。

她本来只准备浅吻一下，但是在她准备撤离的时候，男人的大手一把按住她的后腰，与其紧紧相贴，然后加深了这个吻。

他的另一只手五指插进她乌黑的发丝，固定住她的头，似乎想将这半个月未见的思念全部倾诉出来。

可是现在天色尚不算晚，下了班回家的人来来去去，梁晚莺有些不好意思。

她拍了拍他的胸口，赶紧推开了他。

男人依依不舍地说道："这次我真的走了。"

"嗯嗯。"

两人分开后，梁晚莺回去收拾了一些日常要用的护肤品之类的东西，又装了两件换洗的衣物。

第二天，司机早早地等在楼下。经过几个小时的颠簸，终于到了家。

梁晚莺提着行李进家门的时候，严雅云赶紧接过她手中的箱子，然后上下打量了她几眼，担心地说："哎哟，你怎么瘦了这么多？是不是在外面吃苦了？有什么难处或者缺钱了什么的一定要跟妈说啊，可别憋着自己硬扛。"

"妈，我没事，就是因为一个方案去了爸爸以前待过的那个山里一趟。"

提起梁敬舟，严雅云愣了一下，然后长叹一声："那里的人过得还好吗？你爸爸一直心心念念着那些学生。"

"挺好的，道路和学校都在重新建设了，过不了几年，他们就不用那么艰难困苦了。"

"那就好，那就好，明天一定要把这个好消息告诉你爸。"

"嗯嗯。"

晚上梁晚莺去了自己许久未进的画室，从抽屉里拿出之前那张未完成的画重新固定在画架上。

她现在已经可以非常坦然地看着这幅当年她视为心理阴影的图了。虽然还是记不起当初她想要画什么，但是现在她可以重新创作一下。将颜料挤好，她拿起画笔开始涂抹。那抹鲜艳的红已经褪色，她又用红颜料重新涂抹，然后蘸取了别的颜色。

明暗与冷暖对比,逐渐呈现出一颗坚硬的机械心脏。

心脏上的血管像是一条条疏通的管道,将能量运送至中心,最后汇聚在一起,让这颗岌岌可危的机械之心重新焕发生机。

大年三十的早上,梁晚莺跟着母亲一起去了父亲的墓前。

她蹲下去将准备好的食物、水果和鲜花摆上去,说道:"爸,你放心吧,我替你去看过了,之前你资助的那个山村,索道已经修起来了,政府和企业家一起规划发展,他们很快就能过上更好的生活了。"

严雅云在一旁静静地看着自己的女儿,感到欣慰。以前的时候,虽然女儿不说,但她怎么可能看不出女儿一直在钻牛角尖呢?

看到女儿现在已经可以如此坦然,而且又开始画画了,她心里的那块大石头也落了下来。

回去的路上,严雅云的脸上一直带着笑,梁晚莺瞥了她一眼说:"干吗啊,今天这么高兴?"

严雅云拍了拍她的手说:"你其实跟你爸爸很像。"

"是吗?我觉得我眉眼跟你比较像。"

"性情,你的性子像你爸。"

她挽着母亲的手,头放在母亲的肩膀上说:"我现在好像可以理解我爸了,他做的那些事,以前我确实不懂。"

严雅云点点头:"你爸知道一定会很高兴的。"

晚上八点,梁晚莺和母亲包好饺子以后,刷了会儿手机,偶然看到了一段采访视频,虽然并没有引起多大的火花,但是被几个自媒体转发,她刚巧看到。

那是关于之前她帮助的那个得了视神经肿瘤的老人,他已经成功出院,高高兴兴地准备回家过年的采访视频。

那张黝黑苍老沟壑纵横的脸上挂着眼泪,看起来有些许狼狈。

"谢谢,谢谢,如果不是那个女孩的帮助,我可能早就死了。没想到我这一把老骨头还有人愿意帮忙,谢谢大家,谢谢所有捐款的人,太感谢了。"

他不住口地说着谢谢,似乎找不到更好的表达方法,最后干脆对着视频镜头下跪磕头来表达感谢。

晚上九点,工作群突然弹出艾特全体成员的消息,喻晋在群里发了个新年红包,大家蜂拥而至。

紧接着,他发了一段视频。

是去年那些因冰雹灾害损失惨重的果农专门录的。

"小伙子,小姑娘,谢谢你们,还有喻老板,新年快乐!"

梁晚莺笑了笑,继续往下翻,她看到了王运的语音消息和一个新年红包。

"丫头,新年快乐,多亏了你的方案,我这次顺利渡过了难关,以后有机会继续合作,不过我还是更想把你挖过来,哈哈。"

再下面,还有同事和朋友的新年祝福。

十点时,简诗灵也给她发来了一个领奖的视频。

应该是别人帮她拍的。她一身黑色长裙,在红毯上风情摇曳,手里举着那个来之不易的奖杯。

随后,她发来一段语音。

"莺莺,谢谢你,要不是你,我可能不会有今天。"

最后,她收到了山里那些孩子录的一段视频。摇摇晃晃的镜头,将所有人的脸都收录进去。孩子们扒着镜头争先恐后地凑上来。

"梁老师,梁老师,新年快乐!"

"梁老师，我们好想你啊。"

"大哥哥有没有和你在一起，向他也转达我们的祝福！"

梁晚莺看着这一条条视频，嘴角不由得扬了起来。

和母亲吃过晚饭以后，两人正边嗑瓜子边看电视，有一搭没一搭地聊着天。

"隔壁你钟叔钟婶今年这个年过得蛮冷清的，钟朗那孩子今年工作忙，也回不来。"

梁晚莺随意"嗯"了一声。

"你和钟朗分开以后，就没再谈一个？你也老大不小了。"

说起这个，梁晚莺想到了谢译桥。

她本想试着提一下，可是手机铃声在此时突然响了起来。

说曹操曹操就到，看着来电显示她拿起手机去了自己的房间接电话。

"喂？"

男人低沉醇厚的声音通过听筒传来："你有没有想我？"

梁晚莺抠了抠桌子边沿："嗯。"

男人低低地笑了一声："那你从窗户往下看一眼。"

梁晚莺的心扑通扑通跳了起来，她猛地站起身，将窗帘拉开，探头向下望去。

男人长身玉立，靠在车门上，修长的手指间正把玩着一只银色的打火机。

他抬头看着她所在窗户的方向，两人目光撞到时，他弯唇说道："下来。"

梁晚莺身上还穿着家居服，她挂断电话以后，急急忙忙地打开衣柜找了一身合适的衣服。

杏色的长款大衣,里面搭一件乳白色的针织长裙,温暖随性。

"这么晚了,你去哪儿?"

"我就出去看看,外面好像蛮热闹的。"

"早点回来。"

"知道了。"

她慌慌张张地下了楼,将谢译桥推进车里。

"大过年的,你怎么不在家过年跑到这里来了?"

梁晚莺之前听说他的父母都在另一个城市,离她家很远很远。

"他们去国外度假了。"

"嗯?过年度假?"

"是啊,挑了个温暖的地方过冬。"谢译桥耸耸肩,"一把年纪了想要抓紧时间享受人生,反正他俩在哪里都是过节,我这个儿子怎么过,不在他们的考虑范围。"

梁晚莺呵呵一笑:"那你们家还挺随意的。"

"是的。"

谢译桥让司机将车开到步行街,两人从车上下来。虽然时间已经不早了,但是街上还是非常热闹。三三两两的年轻人和孩子在街上跑来跑去,叫卖声、谈话声、偶尔传来的几声鞭炮声。两人就这样并肩漫步,踩着积雪感受这红红火火的过年气氛。

"对了,之前我给你的那张高等艺术院校的邀请函还在吗?"

"嗯。"

"开春你就可以入学了,怎么样?有没有考虑好?"谢译桥说,"这里出了很多知名的画家,你深造一年,对你的绘画造诣会有难以想象的助力,不仅仅是技巧上的,还有关于人脉和圈层的。"

梁晚莺没说话,看向纵横交错的街道,片刻后笑了笑。

她的眼神透过虚空，看向霜白的月，随后又看向远处那些红色的灯笼和攒动的人群。

"这些年，我一直在争取，在强求，也在失去。但是现在，我觉得一切都刚刚好。以前，我确实只想当个画家，也从未想过要去做别的事情。后来出了那场意外，没有办法，我只能去找了别的工作。

"在绘画的梦想破碎以后，我后面找的这些工作都不过是谋生的手段，考虑得更多的是物质层面的东西，也没有什么信念与热情。可是现在，我已经不想执着于之前的那些东西了。

"梦想可以实现固然美好，但是我们大多数人都不能追逐成功，就是普通人。但是普通人也一样可以发光发热，没有实现梦想的生活也并没有我想得那么糟糕。我现在找到了别的目标，依然可以像当初追求的梦想那样，为当下的生活而努力。一个好的策划，可以像黑夜中的一道惊雷和闪电，照亮更多人的人生。"

她转头看向他："我愿做这一道短暂的光。"

街道上的霓虹灯闪烁着，给洋洋洒洒的雪花穿上一层斑斓的外衣。她站在火树银花之下，被风吹起的发丝和身体被镀上一层鲜亮的光晕。温和舒展的眉眼间尽是豁达与释怀。

是啊，她早就跟自己和解，也在这些时间里沉淀得更加馥郁迷人。

男人看着她，眼里有复杂的情绪涌动。

片刻后，他倾身过来。

"莺莺。"男人的双手捧住她的脸颊，垂眸看向她时目光热烈而深情。霓虹闪烁的橘色灯光照进他的瞳孔，仿佛有滚烫的岩浆在涌动，即将要溢出来。

"明年，我们就结婚吧。"

"嗯？怎么突然求婚？"梁晚莺有些惊讶。

"我想每天一回到家就见到你,现在我满脑子都是我们结婚以后的场景——假期的清晨,我坐在沙发上喝咖啡,你就躺在我的腿上看书;工作疲累的夜晚,可以跟你相拥而眠;我们还可以窝在沙发上一起看电影;我会在你的耳边小声说爱你,然后问你是不是也同样爱我……"

梁晚莺听着他的描述,仿佛真的看到了那个美好的以后。

即便还有诸多不确定性,即便做出这个决定可能会有许多未知的风险。可是这个未来是如此动人,几乎令所有人都难以抵抗。

她的嘴角慢慢弯起,在他话音落下时,用力点了点头。

"好。"

新年倒计时的钟声在此时敲响,男人终于得到了肯定的回答。

他高兴得将她一把抱起,眉眼处笑意昭昭。

"新年快乐,谢太太。"

因为答应了谢译桥的求婚,见家长这件事就必须要抓紧时间了。

谢译桥的父母很好说话,只要他喜欢,他们完全不过问,让他自己看着办,确定下来后他们再从国外飞回来跟亲家母见面。

而梁晚莺的母亲这边……

谢译桥双手提着四五个袋子,里面全是精美的礼品。他准备了一系列的礼物,从珠宝首饰、养生保健品到美容养颜等,因为不知道严雅云喜欢什么,只能都买了一些。

在楼下的时候,他罕见地有点紧张。要知道,即便经历了那么多大大小小的事件,他从来都没有过这样的心情。再强大的男人,在面对丈母娘的时候,总是会显得有那么点底气不足。

梁晚莺出来接他的时候,看着面前的男人。他穿得简直像是要走秀的男模一样——一身笔挺的西装,勾勒出宽肩与窄腰的线条,深蓝的颜色在庄重中又体现出几分随性,也不显得过分刻板。

谢译桥整理了一下领带说:"怎么样?你老公帅不帅?"

"……什么老公,我们还没结婚呢。"

"那还不是分分钟的事儿。"

"那可不好说,我妈……是个比较务实的人。"

谢译桥刚刚给自己鼓足的信心,瞬间瘪了一点:"务实……这是什么意思?"

梁晚莺说:"她喜欢那种踏实、稳重的类型。"

"我难道不踏实、稳重吗?"

梁晚莺白了他一眼说:"你应该好好照照镜子看看自己到底是什么类型。"

两个人在楼下嘀咕了半天,梁晚莺收到了一条微信信息:【你们两个不上来在外面干吗呢?】

梁晚莺看了一眼说:"我妈让我们进去。"

谢译桥跟在梁晚莺身后进了大门。她们住的并不是单元楼,而是独栋的二层小院,属于还未被政府规划的小镇。

进屋以后,他随意扫了一眼家里的布局。虽然房子看起来有些年月了,但是布置得非常温馨。客厅收拾得很整齐,也很宽敞干净。

"坐吧。"梁晚莺拉着他坐到沙发上。

他坐下以后,对面的严雅云正目光灼灼地审视着他。一向随意的男人难得露出一副正襟危坐的样子。

"伯母,初次见面,这是送给您的一点小小的礼物。"

"太客气了。"

严雅云并没有看那些大大小小的盒子,问道:"你叫什么名字啊?是做什么工作的?"

谢译桥抽出一张名片递给她:"伯母,这是我的名片。"

她接过名片,看到那个华丽的头衔,眼睛瞬间睁大了几分。

"你这……跟我们家莺莺是怎么认识的?"

梁晚莺对这个问题非常敏感,两人的相识过程实在算不上什么能拿出来说的东西,于是赶紧替他回答道:"就是之前工作上的合作伙伴,我给他们公司做项目,然后认识的。"

严雅云点点头,没在这个问题上多做纠结,又询问了一下他的家庭情况。

"那你们家这样高的门第,我们只是普通人家,你父母会不会不赞同?"

谢译桥认真地回道:"这是我的事,可以自己做主,而且我的父母对于我的婚姻不会干预。"

严雅云有些意外:"怎么会?哪有父母会不关心自己孩子的人生大事。"

"事实上,"谢译桥答道,"我愿意结婚,他们就已经很高兴了,所以他们不会插手我的私事。"

严雅云若有所思,似乎对此颇有共鸣。大致了解过情况以后,她客气地留他吃晚饭。

谢译桥明显感觉到严雅云似乎不是很喜欢自己,也能感觉到那股疏离感,于是谢绝了她的邀请起身告辞。

梁晚莺准备去送送他,可是被严雅云叫住了。

"送到门口就行了。"

谢译桥看了看她,轻声说:"你不用下楼了,外面冷。"

"那你路上小心些。"

"嗯。"

等谢译桥下楼后，梁晚莺转过身说道："妈！你干吗啊？"

明明一直都是个和蔼可亲的妈妈，今天怎么这么不近人情？

严雅云直接开口说道："你这个男朋友我觉得不行。"

"为什么啊？"梁晚莺有点急了。

"我看着不怎么靠谱。"

"哪里不靠谱？"

"这个男人一看就跟我们家不怎么适合，虽然我不想像个老古董一样说什么门当户对的话，但差距太大肯定是不行的。"

"我跟他在一起又不是看中他的钱。"

"我当然知道，但我们家只是普通家庭，生活环境各方面跟他都有着天壤之别，如果以后你们结了婚，你就会发现，什么生活习惯还有眼界、喜好等方面都会有很大的分歧和矛盾。"

"我觉得这些都不是问题。"

"怎么不是问题，婚姻的崩塌都在细节方面。而且他看起来就像个花花公子的样子，你可别被他骗了，我怎么看都觉得他不像个好人呢？"

"妈，不会的，他……挺好的。"

"都是装的吧，婚前没到手的时候哪个男人不是一副一往情深、非你不可的样子，婚后有你受的。"

严雅云忧心忡忡地说道："我总觉得他不如钟朗，最起码比较门当户对，还知根知底的，钟朗那孩子也踏实上进，这个我总觉得心里没底。"

"我跟钟朗已经分开了就别再提了。"

"妈知道，就是随便说说。"

梁晚莺和母亲的交流最终以不愉快收尾。

她回到二楼的卧室,向窗外看了看,谢译桥靠在车门上并没有离开。

月色如霜,洒在男人的身上,让他看起来更落寞了几分。漆黑的夜晚,还是在这样的节日里,他一个人千里迢迢地跑到她家里来,却坐了冷板凳。

梁晚莺心里也有点不好受。

等严雅云回房间以后,她蹑手蹑脚地从房间走出来,然后小心翼翼地打开大门悄悄地跑了出去。

谢译桥看到她出来,脸上的失意瞬间散去,他张开双手示意她投进怀里。

梁晚莺走过去,坏住他的腰,仰头看向他:"你是不是不高兴了?"

"没有,我就是觉得你妈妈似乎不太喜欢我。"男人无奈道,"这好像还是我第一次被人讨厌,哦不,你之前也这么讨厌过我,你是第一个。"

"你别多想。"梁晚莺转移话题想要安慰他,"我妈就是觉得我俩家庭背景相差太远了,怕以后会有矛盾。"

谢译桥把头埋在她的颈窝处闷闷地说:"那些东西都不重要,我甚至觉得,在精神层面上,你们其实比我富有得多。"

梁晚莺拍了拍他的背:"慢慢来嘛,我会劝说我妈的,你也别难过。"

"嗯。"

"你今天晚上睡哪里啊?"

"我在离你家不远的地方订了个酒店。如果你想我了,可以过来找我。"

他说着，从钱夹里掏出一张房卡，在她耳边低声说道："我随时等你。"

梁晚莺看到屋里灯又亮了，赶紧推了他一把说："那你快过去休息吧，我妈好像又起来了。"

"嗯，你也快回去吧。"

"好。"

梁晚莺目送谢译桥离开，然后看了看手里那张卡，揣进兜里准备回家。

"莺莺。"

突然听到有人喊她的名字，梁晚莺转身一看，惊讶道："钟朗？"

钟朗站在不远处的电线杆旁，一身裁剪精良的西服将身形衬托得修长挺拔。这么久没见，他已经迅速成长为一个成熟的男人了。他从路灯旁走过来，灯光随着他的动作从身上褪去。

"你……还好吗？"他走到她的面前，纵使心里有千言万语，但是能说出口的，却只有这苍白无力的寒暄。

梁晚莺笑笑说："挺好的。"

说完这两句话，两人都沉默了许久。

钟朗鼓足勇气打破了沉默问道："莺莺，你能原谅我吗？"

梁晚莺没有回答他的问题，只是抬头看着他，目光平静而柔和："阿朗，你得到你想要的了吗？"

钟朗瞬间哑然。

院内的灯光洒落，暗黄的光晕铺在女人的身上，她面上的神情从容而坦然，没有怨也没有恨……自然，也没有爱。

他得到他想要的了吗？

或许是得到了，但是得到了那些东西以后，他心里越发空虚了。他满脑子都是她那张哭泣的脸和凄厉的挽留声。他明知道自己走后她会面临什么样的痛苦，可他还是头也不回地走了。

"对不起，莺莺……对不起。"这句对不起，他已经在心里憋了太久，终于有机会当面跟她认真地道歉了。

听到他的道歉，梁晚莺笑着摇了摇头："你不用跟我道歉，在你走后我又想了很多，造成这样的后果，我自己也有很大一部分原因，所以你的选择我完全可以理解。毕竟，如果当初我对你的感情足够真挚热情，给够你安全感，想来你也不会走得那么决然吧。"

男人垂在身侧的双手慢慢握紧，他越发觉得无地自容了。

"过去的事情就让它过去吧，你也不必放在心上。"

钟朗低低地"嗯"了一声："对了，我现在在国外做一个很有发展潜力的项目，目前进展很不错，后期如果能稳定下来的话，或许会回国发展。"

梁晚莺点点头道："这是好事。"

说完这句，两人又沉默了。

最终，还是梁晚莺打破了沉默："时间不早了，我先回去了，你也赶紧回家多陪陪伯父伯母吧。"

"等一下。"他终于问出了自己最关心的问题，"我刚刚看到谢总从你家里出来，你们是见家长了吗？"

梁晚莺没有隐瞒，点头承认。

"伯母怎么说？"

"我妈说再考察一下，毕竟我俩家境相差太多，她有点不放心也是可以理解的。"

钟朗悄悄地松了口气："是啊，婚姻大事，确实需要慎重一点。"

梁晚莺和钟朗告别后，就赶紧回了自己房间，还好严雅云只是起来去了一趟卫生间，并没有发现她偷溜出去的事。

由于严雅云的不赞同，梁晚莺现在白天想跑出去跟谢译桥见面也很难。

她换好衣服想要出门，可是直接被敞开着主卧门专门盯着她的严雅云叫了回来。

"你哪儿也不许去，大过年的胡乱跑什么？"

"我就出去透透气。"

"少来，我还不了解你？"

"妈——"

"叫妈也没用！"

两人正僵持不下的时候，钟朗从隔壁走了过来。

严雅云看到他惊讶道："哎呀，钟朗什么时候回来的？"

"昨天。"他手里提着一些红色的礼盒，里面是一些过年备的礼品，"昨天我到家时已经很晚了，所以就没来打扰您，今天特地过来给您拜个年。"

严雅云高兴地走过去拉住他的胳膊坐下："看你的样子，在国外过得还不错吧。"

钟朗笑了笑说："还可以，最近和朋友一起开了个公司，发展得挺好的。"

"都自己开公司了啊，我就说你将来肯定会有出息的。"

"小公司而已。"

"什么事都是从小做到大的嘛。"

严雅云好久没见到钟朗，两人聊得热火朝天，梁晚莺在一旁百无聊赖地切换着电视频道。

"钟朗,你现在有没有谈女朋友?"

听到这话,钟朗下意识地看了梁晚莺一眼,然后才回道:"没有呢,公司处于起步阶段,特别忙,没有工夫去考虑那些事。"

"哎,是是是,年轻人还是要先拼事业。"严雅云看着他明显对梁晚莺还有些旧情未了的样子,瞬间更开心了。虽然她没有过问两人为什么分开,但是在心里觉得两个人还是很合适的。

"还没吃午饭吧,留下来跟我们一起吃!"

"不用了,伯母,我就是回来了过来看看您,我妈还等着我呢。"

"把你爸妈都一起叫过来!我们两家好久没一起吃饭了!"

严雅云不容他拒绝,直接拍板决定。

她去叫来了钟朗的父母,然后两家人其乐融融地坐到一起吃饭。相比前几天的冷清,今天是热闹了不少。可是在饭桌上,话题始终绕不开梁晚莺和钟朗。

她低头扒着饭,听着这话逐渐不对劲了起来。虽然长辈们没有明说,但话里话外都是他们两个以后的发展。梁晚莺有点不高兴,但是又不好在长辈面前摔筷子,只能等到饭局散了以后,才去问严雅云。

"妈,我都有男朋友了,你刚跟钟叔他们说什么呢?"

"你钟叔和钟婶还是喜欢你的,我们两家都是看着你俩长大的,而且听说钟朗也有回国发展的打算,多好啊……"

"别说了,我跟钟朗已经不可能了。"

"你这孩子,就是倔。"

"你们为什么总是想让我嫁给钟朗呢?"

"莺莺,你要明白,婚姻跟恋爱是不一样的,你现在喜欢的那个,谈恋爱可能体验感很好,很能给你情绪上的各种满足感,但是婚姻中会出现很多问题的。"

又来了。

梁晚莺很想反驳两句，但是她蓦地想起了之前跟父亲吵架的场景。

她硬生生地将那些已经涌到嘴边的话忍了下去。

"我出去一趟。"她拿起外套就往外走，也不顾严雅云的阻拦。

她现在好想见见谢译桥。想到她一家过年都热热闹闹的，可是他千里迢迢跑到她这里，却没有受到一点好的对待。

她突然有点替他感到委屈。

梁晚莺下楼以后，沿街走了好久，走到大路上的时候，才终于打到一辆车。最近倒是不怎么下雪了，但是开始结冰了，反而比前几天更冷了。坐到车上时，她搓了搓手和脸，试图暖和一下冻僵的神经。

"美女，去哪儿啊？"

"希顿酒店。"

"过年要加钱。"

"多少钱？"

"平时要三十，现在过年期间要六十。"

"可以，走吧。"

"好嘞。"

谢译桥正在房间内和席荣打电话，说起那天见家长的事。

席荣嘲笑道："你也有今天。"

男人捏了捏眉心："我跟你说正事。"

席荣说道："你跟我说也没用啊，我哪懂这个。"

"你不是说只要是女人就没有你搞不定的吗？"

"丈母娘这种生物，一般人是真的搞不来……"

两人正说着，谢译桥突然听到房门被轻轻敲了三下。

他以为是服务员之类的，于是走过去开了房门。

"嗯？莺莺？"他的神情有一秒钟的错愕，然后迅速反应了过来。

他直接掐断了电话，将手机放进口袋。

梁晚莺站在门口，脸上的表情看起来有些不对劲。

"快进来。"

他将她拉进房间，房门被他随手合上。

他低头看着她的眼睛，关切地问道："怎么了？发生什么事了？"

梁晚莺没说话，双手环住他的腰，脸贴在男人的胸口，闷闷地说道："没什么，就是有点想你了。"

"听到你这么说，我还是很高兴的。"谢译桥摸了摸她的头发，"不过我更想知道你遇到了什么问题，好帮你解决掉。"

男人穿着一件面料光滑的黑色睡袍，上面有手工刺绣暗纹。

因为刺绣颜色和布料颜色接近，所以看起来很低调，实际上却是重工打造而成。

她的脸在上面蹭了蹭。

"没什么，就是跟我妈吵了一架。"

男人了然地点点头，将她带到沙发上坐下，温热的指腹蹭了蹭她发红的眼角。

"莺莺，这件事不应该由你来烦心。你母亲那边，我会想办法让她同意的，你别多想了，嗯？"

"哦……"

梁晚莺第一次感受到，受了委屈以后，有个人能安慰自己，是多么踏实温暖的感觉。以前，她和父母发生争吵过后，都是把自己关进画室。

而现在,有个人会抱着她轻声安慰,排解她的忧愁,还会帮她想办法解决问题。原来,有人可以依赖是这样的感受。

她现在好似窝在温暖的壁炉旁,被热气环绕,全身都暖洋洋起来。他似乎刚刚洗过澡,身上还带着一种沐浴露的清新。

梁晚莺也没想到,原本只是想跟谢译桥见面说会儿话而已,不知道怎么就一下子待到了傍晚。

当看到手机上的来电显示时,她瞬间从椅子上弹起。

"完了完了,我妈的电话。"她竖起一根手指在嘴中间,示意他不要说话。

谢译桥点点头。

梁晚莺刚一接通,那边就传来严雅云的呼喝声:"你这丫头,跑哪里去了,都晚上了还不回来!"

"我在步行街,一不小心就逛到现在了。"

"赶紧给我回来!"

"知道了知道了,我现在就回去。"

挂断电话后,梁晚莺迅速从床上爬起来:"我得走了,怎么不知不觉天都黑了……"

"我们出去散散步,然后我再送你回去。"

"嗯……好吧。"

谢译桥和梁晚莺十指交缠,漫步在被积雪覆盖的街道。小城市的雪似乎比大城市的道路化得要慢一些,毕竟没有人工强力干涉。

鞋底踩过积雪,发出咯吱咯吱的响声。从暖气充足的房间里出来,被冷风一吹,两人瞬间清醒了不少。司机开着车在后面慢慢悠悠地跟着。

梁晚莺看了看即将落山的太阳,小声说道:"我会好好劝说我妈的。"

"你找时间,让我多去你家两次,只要她肯见我,我就有办法解决。"

"怎么解决?我妈那个人平时看起来很和蔼,但是有时候又很固执……"

"不管是什么样的难题,我都会尽力去解决的。"男人挑了下俊挺的眉尾,自信又骄傲地说道,"这么多年,就没有我办不到的事。"

梁晚莺从鼻腔里发出一声短促的笑:"你行了啊,尾巴翘上天了。"

"哦?"谢译桥这短短的一个语气词,硬生生地让梁晚莺品出一点诡异的不和谐感。

果然,男人紧接着慢悠悠地吐出一句:"哪儿来的尾巴?"

她的脸颊微微一红,啐了他一下:"狗嘴里吐不出象牙。"

看着她这个样子,谢译桥哈哈一笑,刮了下她的鼻尖。

"好了,不逗你了,上车吧,送你回家。"

谢译桥将梁晚莺送到离她家不远的十字路口。

他的本意是把人送到家门口,可是梁晚莺嫌他的车太扎眼了,怕被左邻右舍看到说闲话,于是只让他停在这里。

等车停下,梁晚莺打开车门准备下车,可是被男人扯住手腕又拉了回来。

"嗯?"

谢译桥说:"我发现了,你每次跟我分开的时候,从来都没有表现出一点不舍的样子,反而每次都要我强调。"

"哦哦。"梁晚莺明白了他的意思,扯住他的领带向下一拉,非常敷衍地在他唇上贴了一下，就准备离开。

男人无奈地叹了口气，一把搂住她的腰，加深了这个吻。

梁晚莺考虑到前面还有司机，很害羞，赶紧伸手推他的肩膀。

男人不为所动，用牙齿咬了下她的唇瓣，然后恶狠狠地嘬了一下，才松开她。

"你这样让我回去怎么见我妈啊？"

谢译桥帮她理了理凌乱的发丝，笑道："没关系，我已经计算好了，你从这个十字路口走到家的距离足以让脸上的红晕消退，只要你不乱想，就什么也看不出。"

梁晚莺瞪了他一眼，头也不回地下了车。

她走到车前的时候，车子的大灯突然亮起，给她照亮回家的路。女人转头笑着挥了挥手，示意他赶紧回去。谢译桥看着不远处的女人，微笑着点点头，但是并没有离开。

等女人转了个弯看不见以后，男人屈起手指叩了叩门板，对司机说道："熄灯，跟上去。"

"好。"

梁晚莺走在路上，想着自己都二十好几的人了，出去一趟还要被妈妈管，真的是……好无奈。

她拍了拍自己通红的脸蛋，希望确实不会被看出来什么异样。

她刚走到家门口，就看到了站在大门边的钟朗。

"莺莺，你回来了。"

钟朗看着她的样子，都不用问就知道她去见谁了。

红润的脸颊和微微红肿的唇瓣，再加上眼里潮湿的水光，很容易就能看出来刚刚被亲吻过。心里仿佛有一根针反复不停地刺着他，他想到自己和她在一起那么久，都没有过这样亲密的接触。

他感到嫉妒，可是现在，他没有立场，也没有资格。

"钟朗？你在这儿干什么？"

梁晚莺的声音将他从情绪中唤回，他眨了眨眼睛："啊，我在等你。"

"有什么事吗？"

他将一条折好的红色围巾递给她说："这是我妈之前无事可做时织的一条围巾，后来……因为一些事一直没机会给你，她让我给你送过来。"

梁晚莺犹豫了一下："不要了吧……留着给阿姨自己戴吧。"

"这个颜色太鲜艳了，我妈戴不合适，所以才让我来给你。"

"可是……"

见到她迟疑的样子，钟朗赶忙解释道："你放心，我没有别的意思，毕竟是左邻右舍一起长大的情分，你爸妈和我爸妈也都是关系很好的朋友啊，这点正常的往来也没什么吧。要是你觉得不舒服，明天我让我妈来给你。"

"算了算了，我没那个意思。"梁晚莺接过来，"那你替我谢谢阿姨吧。"

"好。"

"那我先回去了。"

"莺莺！"他连忙叫住她。

"怎么了？"

"你……现在工作上怎么样啊？升职顺利吗？有没有什么不顺心的地方？"他绞尽脑汁地随便找了几个话题，只想跟她再多聊几句，多看她两眼。

梁晚莺回道："还可以，我顺利升总监了，同事们都挺好的，老板对我也很好,有什么不懂的地方,都有人教,现在越来越顺手了。"

"那你……画画的事……"他想到之前看到她那条朋友圈,迟疑地问道,又怕引起她的伤心事。

可是女人完全没有在意,弯了弯眼睛说:"我现在能重新拿起画笔了,改天给你看看我最近的作品。"

钟朗怔了片刻,随后低低地笑了一声,仿佛自言自语般说道:"真好。"

"嗯。那我先回去了,你也快回家吧。"

"嗯。"

钟朗看着女人的背影,心里五味杂陈。

谢译桥果然做到了。当初离开时谢译桥好像随口说的那句让她重新拿起画笔的承诺,钟朗不以为然。毕竟她的心理阴影有多深,他是最清楚的。

可是没想到,仅仅不到一年的时间,她已经可以在谈及这些的时候,就像是谈论天气般稀松平常了。他嘴角的笑意越发苦涩。

有些清晰却不愿承认的事情就这样又一次明明白白地展现在他的面前。那个男人,确确实实要比他强得多,无论任何方面。

他还需要继续成长,强大到足以和那个男人一较高下。

在街道的不远处,一辆黑色的汽车静静地停在夜幕中,它在路灯的背光处,且贴了磨砂质感的车衣,几乎连反光都看不到,所以完全没有引起注意。

谢译桥眯了眯眼,望着不远处互动的两人,拿出烟盒,推出一根细长的香烟叼在嘴上,低头点燃。

打火机的光亮一闪而逝,只剩下烟头处的一点猩红随着他的吐息若隐若现。

深吸两口后,他从唇中取下。

将车窗降到底,那只骨节分明的手指夹着细长的香烟搭在黑色车窗边沿,自然垂落,矜贵而优雅。袅袅的灰白色烟雾从他口中溢出,慢慢遮蔽了他的神情。

他就说今天看她的情绪有些不对,果然,事出反常必有妖。

远处的两人不知道交谈了些什么,女人接过男人手里的一条红色织物后转身离开。

等梁晚莺上楼以后,谢译桥让司机将车开过去。

钟朗正向家走去,突然听到汽车引擎和车轮转动的声音,下意识地扭头看了一眼。

一辆黑色的汽车停在他的身边,他瞬间愣了一下。这样的豪车,在这个小镇,几乎是很难见到的。

所以……

高大的男人打开车门,修长而笔直的双腿从车门后显现,他砰的一声将车门合上,两步走到了钟朗面前。

钟朗跟他对视,眼里再无之前那种谨小慎微的姿态。时至今日,即便在面对谢译桥时还是相差甚远,但是他已经多了很多底气了。

男人掐灭香烟,那双压迫感十足的眼睛上下打量了钟朗一番,随后嗤笑一声:"挺好,你成长了,不过,你这事做得是不是不太地道?"

钟朗强作镇定,试图表现出无畏的样子,抬头看向他说道:"我只是做了当初跟您一样的事情。"

谢译桥冷笑一声,点头道:"很好,你果然学什么都一点即通。"

"是您教得好。"

男人又向前走了两步,除去身高的优势,他的气势也一样惊人。

这是他从不曾在梁晚莺或公众面前展现过的形象,是只有在遇到竞争对手他认真起来时才会表现出的强大气场。

两个男人面对面对峙,男人的双眸如冷铁般萧肃,即便是头顶昏黄的路灯也照不暖这漆黑的极夜,他身上那股强大的威慑力逼得钟朗下意识地后退了两步。

男人勾唇,面上却毫无笑意,整张脸被一团轻蔑笼罩,他讥讽地看着钟朗。

"不是我看不起你。我的女人,你抢得到吗?"

钟朗平静地看着他,也慢慢露出一抹笑容,真诚地说道:"别的不说,最起码,莺莺的母亲非常喜欢我且希望我们在一起。这点是毋庸置疑的。"

谢译桥简直被气笑了,他昂了昂下巴,倨傲地说:"很快,你就会知道,这对我造不成任何威胁。"

Chapter 14
滚烫的情意

梁晚莺回到家里,在严雅云审视的目光中扯了扯衣摆,嘿嘿一笑道:"妈,我回来了。"

"你一个人去逛街?"

"一个人怎么了?"

"你逛街什么都没买?"

"逛逛而已,又不一定要买。"

"围巾哪儿来的?"

"哦哦,刚在门口碰到了钟朗,说是阿姨给我织的。"

严雅云欣慰地点点头说:"你钟姨也很疼你,毕竟是看着你长大的,你和钟朗分开后,他们两口子还伤心了很久。可是钟朗要在国外工作定居的话,也确实不是个事,现在他有回国的打算,我觉得挺好的。"

梁晚莺不想讨论这件事,于是打着哈哈跑回了房间。从房间里拿上睡衣,她跑去洗手间准备洗澡。严雅云就在客厅里看电视,眼神顺着她的行动路线飘来飘去。

"干吗这样看着我？"

严雅云没说话，将眼神收了回来，悠悠地落回到了电视上。

梁晚莺十分心虚，总觉得妈妈的眼神饱含深意。淋浴头里的水浇下来时，她脑子里还是一团乱。

想起两人在酒店时的一些细节，她的脸又被蒸红了几分。

她想到自己都快奔三的人了，和男朋友出去一趟还要像十几岁的孩子一样被管着！

洗完以后，她擦着头发迅速跑回了房间。

她拿起手机找谢译桥吐槽。

谢译桥：【你有跟她聊一下吗？明天我可以去你家吗？】

梁晚莺：【我还没说呢，先去洗个澡。等下我去找她聊聊。】

严雅云正嗑着瓜子，看她鬼鬼祟祟地探出脑袋："干吗呢？有话直说。"

"妈……我男朋友明天想再来拜访一下。"

"我不是都说了不同意吗？"

"你怎么能只凭外表看人呢！你都不愿意尝试去了解他就直接否定，是不是太不公平了。"

"你妈我可是过来人，看人准得很。"

梁晚莺深吸一口气："妈，我的性格你还不了解吗？我是那种会轻易被蒙蔽的人吗？你总得接触一下再做判断。"

严雅云将手里的瓜子壳往垃圾桶一丢："我还不是怕你受伤，我可就你这一个女儿。"

"可我是真的很喜欢他。"梁晚莺趴到她的身上，摇晃她的手臂，"妈，你好歹考察考察嘛！"

严雅云经不住她的软磨硬泡，终于叹了口气："那就让他明天来吃个早饭吧。"

"为什么是早饭？"

"你问那么多干什么？"

梁晚莺狠狠地抱住她："好嘛好嘛，我就知道你最爱我了。"

"你啊……不爱你谁管你。"

谢译桥第二天过来的时候，依然穿得很郑重其事——笔直的炭灰色西裤，翼尖牛津的皮鞋干净得一尘不染。他从车上下来时，看到严雅云正在门口的一块地里分苗，就是将一个坑里发出的好几根苗栽种到别的地方。

梁晚莺家里是单独的小院，严雅云无事时，会在那片空地上种一点青菜，下面的时候随手摘两棵，很方便。

谢译桥走过去，提了下笔挺的西裤，蹲下身自然地接过了她手里的青菜苗。

那双一看就是养尊处优的手，居然毫不嫌弃地拿起沾满泥土的秧苗，小心种进了挖好的坑里。

严雅云感觉很不可思议："你居然还会干这些活儿？"

"之前跟莺莺一起去那个山区，偶尔会帮忙搭把手。"

"哦……"严雅云眯了眯眼就说，"你俩一起去的？"

谢译桥面上一哂："是她去了以后，我追过去的。"

"看不出来嘛小伙子，挺能吃苦的。"

"有时候，可能必须要抛下过往的一切，返璞归真，才能找到生的意义，发现最渴望的东西。"

"所以，你最渴望的东西是什么？"

"我是真心想和莺莺结婚的。"

严雅云看了他一眼，起身道："得了，去洗手吧。"

"好。"

梁晚莺睡醒起来的时候，看到谢译桥和严雅云正坐在客厅等她。

本来还略带困意的大脑瞬间清醒，她吃惊地道："你怎么这么早就来了？"

谢译桥还没说话，严雅云瞪了她一眼说："都几点了，还早，快去洗漱。"

"哦哦。"

在梁晚莺洗漱的工夫，严雅云做了四碗荷包蛋青菜面。白瓷的碗中，用猪油调制汤底，加上绿绿的青菜和荷包蛋，虽然清淡，但是颜色看起来非常有食欲。

家里只有三个人，但严雅云做了四碗。梁晚莺有些不解，谢译桥却仿佛猜到了什么一样。果不其然，面刚端上桌，钟朗就从大门处走了进来。

看到谢译桥，他有短暂的惊讶，然后迅速恢复了镇定。

梁晚莺完全不知道钟朗会来，赶紧看了眼谢译桥。他似乎毫不意外，连气息都没有乱一下。察觉到她的注视，他从桌下伸出手握了握她的手示意她安心。

严雅云从厨房拿了几双筷子，招呼道："钟朗你来了，快坐，刚刚做好饭。"

"好，这是我妈昨天腌的酱菜，让我给您带一碗过来。"

"好好好，放桌子上吧。"

四人围坐一圈，气氛非常诡异。梁晚莺看着这个阵仗，感觉自己要消化不良了。

谢译桥和钟朗面对面坐着，两个人对视时简直像是要冒出火花。她赶紧悄悄地拉了下他的袖子。男人这才拿起筷子，不紧不慢地挑起一坨面。

他面上神态自若，没有什么嫌恶之色，也没有表现出什么特别喜欢的样子。

而钟朗大快朵颐道："我在国外就想您这口清汤面了，我做了几次都没有这个味儿。"

严雅云笑意明显："你想吃，这几天都过来，我天天给你做。"

"真的吗？那太好了。"

两个人在餐桌上相谈甚欢，完完全全冷落了谢译桥。

梁晚莺有些担忧地看了看谢译桥，小声说道："我完全不知情。"

男人拍了拍她的手背说："没关系，丈母娘这点小小的考验，我还是承受得住的。"

钟朗和严雅云聊得非常投机，毕竟他们做了这么多年的邻居，他就像了解自己的妈妈一样了解她。他暗暗向谢译桥投过来一个得意的眼神。被压制太久，钟朗似乎终于找到了一个可以占上风的东西。

男人眉目舒展，毫无愤慨之意，弯起嘴角，甚至在严雅云看不到，只有钟朗能看到的角度，抬起梁晚莺的手，轻轻地吻了一下。

钟朗失落地离开了。

等他走后，严雅云才对谢译桥说道："知道我为什么请你来吃早餐吗？而且只有这碗简单的清汤面。"

"愿闻其详。"男人谦逊地说道。

严雅云说："早饭是一天当中最清淡却最重要的一餐，这碗清汤面，就像婚后的生活，褪去所有浮华的所在，你们就会发现，所有的日子，不过就是一碗普通的清汤面。"

"确实，但是清汤面也可以很有滋味。"

严雅云摇摇头："你们现在可能觉得对方很好，有情饮水饱嘛，可是你们要清楚,等爱情消耗殆尽,婚姻就会像翻起的鱼肚子一样苍白而腥气。"

"妈……你跟爸感情不是很好吗?为什么你对婚姻是这么悲观的态度。"

"你不懂,我和你爸的感情就像是亲人一样,更多的是陪伴和责任。"

"所以,伯母,在您心里,是觉得钟朗更适合莺莺吗?"

"是的,我们两家关系就一直很好,莺莺嫁给钟朗,不说有多么幸福,但绝对不会遭遇什么难以预测的不幸。"

"妈,我跟钟朗只有亲情,没有爱情。"梁晚莺急急地解释道。

"可是只有亲情才是最稳固的感情。"

谢译桥从容不迫地说道:"伯母,恕我不能认同您的说法。"

"嗯?"

"人们总是说,无论什么感情时间久了总会变成亲情,似乎对这一观点都达成了共识,并且奉若圭臬。我现在也不想讨论亲情和爱情哪个更重要,可是我认为,即便我们一起走过五年、十年、二十年、五十年,即便和对方已经熟悉到几乎变成一个人,但是看向对方的眼神也应该永远滚烫,这才是爱情的意义。

"即便她白发苍苍或者满面皱纹,但是依然不影响我在路边看到一朵漂亮的花时会想到为她插在鬓边一定会很好看。而且我觉得把爱情变成亲情是一件很可悲的事,婚姻的结合要建立在爱的基础上,这样才能够有足够的勇气面对未来不可预知的日子,才能让人更觉得未来可期、可爱可盼。每一天升起的太阳都是一样的,但是有爱人在身边,便每天都是不同的风景。"

男人说这番话时仿佛周身都带着光芒,连空气都炽热了几分。

他的眼神诚恳而热切,像是正午阳光下澎湃的海潮。

严雅云半晌没有说话,他口中那种滚烫的情意,的确非常动人。

现在的年轻人啊……她叹了口气。

或许——是她太固执守旧了?

"我总算知道为什么莺莺会喜欢你了。"最终,严雅云叹了口气说道,"可是莺莺会喜欢,肯定也有很多女人都喜欢你,你怎么给她安全感?"

谢译桥面上的表情瞬间转换,带了一点可怜之色:"伯母,说起来您可能不相信,我跟莺莺在一起,我才是更没安全感的那一个。"

"真的假的?"严雅云狐疑道。

谢译桥借机控诉道:"您是不知道,她到哪里都会碰到一些所谓志同道合的男人。我当初追在她屁股后面几个月,她看都不看我一眼,包括刚刚跟您说的她去大山里那次,我死皮赖脸跟了她好久,才终于换来一点好脸色,是不是很让人受伤?"

严雅云深以为然,点头道:"那是有点过分了。"

"后来好不容易回来,她又每天忙着工作,我想见她的话,半个月才能见上一面。我多说两句她还嫌我烦,对我极其敷衍。"

"什么?她谈恋爱居然是这个样子?"

"是啊,而且她从来都不会说一些甜蜜话,我们在一起这么久了,我都没有听她说过一句。"

"哎呀,可不是!这丫头从小嘴就不甜,我可太清楚了。"

"是啊,您是不知道……"

梁晚莺在一旁听着听着突然觉得事情好像有点不对劲了起来。

也不知道怎么回事,谢译桥和她妈妈突然聊得热火朝天了起来,甚至最后一致对外,开始对她进行全方位的批斗。

她无语望天,将碗筷收起来:"你们聊吧,我去洗碗。"

谢译桥赶忙站起来:"我来帮你!"

严雅云看着他很有眼力见,也一点不骄矜,暗自点点头。

两个人来到厨房,梁晚莺将碗放在水龙头下,然后推了推他:"你挺厉害啊,在我妈面前告我的状。"

谢译桥捉住她的手,按在胸口:"所以我说得不对吗?你对我是不是那么冷淡?"

梁晚莺嘟囔一声:"我才没有,我就是这样不喜欢表达不怎么外露的性格,所以我才学了画画。你要是喜欢那种热情的你去找别人啊。"

"说这话就是没良心。"男人捏了捏她的鼻尖,低声道,"是我的爱不够炽热吗?所以无法点燃你平静无澜的心。"

"……你这么喜欢念诗,怎么不去当个诗人。"

谢译桥轻笑一声:"我只做你一个人的诗人。"

洗洁精泛起绵密的泡沫,两人并排而站。男人高大的身躯将厨房挤得显出几分逼仄,梁晚莺站在另一个池子边,用洗洁精洗过以后递给他用清水冲洗一遍。他在接过她手里的碗的时候,故意捏捏她的手指,惹来一个白眼,然后低声一笑。

"洗个碗也能这么高兴?你是不是受什么刺激了。"

谢译桥骄傲地睨了她一眼说:"是啊,我感觉咱俩的事好像差不多了,妈有点松口的迹象了。"

"你这就喊上妈了……"

"早晚的事。"他弹了弹指尖的水珠,"到时候把我爸妈接过来,可以商讨一下结婚的事宜。"

梁晚莺拿起一旁擦手的毛巾递给他,男人接过来却先包住了她的手。

柔软的毛巾覆盖在她的手背上,男人仔细地帮她擦拭,连指缝都一一照顾到。虽然隔着一层毛巾,但两人的手几乎是握在一起的,依稀能感觉到他手指的温度顺着毛巾传到她的手背。

严雅云在客厅,看到小情侣黏黏糊糊的劲儿,摇了摇头。

梁晚莺和谢译桥从厨房出来以后,她看着严雅云的眼神有些不好意思。谢译桥依然一副神情自若的样子,完全看不出丝毫不安。饭也吃过了,天也聊过了,再不告辞就有点没眼色了。

谢译桥礼貌地向严雅云告别,梁晚莺将他送出了门外。

"假期快要结束了,我们趁这个节日结束之前,把婚事定下来吧。"

"看我妈那边怎么说。"

男人点头,又叮嘱道:"我不在的时候,你不许和钟朗单独见面。"

说起这个,梁晚莺又想起一件事:"你怎么好像一点都不意外他回来了,我好像没跟你说过吧。"

谢译桥嗤笑一声说道:"这种事情还不至于让我失态。"

"哦?那什么样的事情才会让谢先生失态呢?"

男人凑近她的耳畔,低声说道:"在与你赤诚相见的时候。"

梁晚莺羞恼地推了他一把:"你赶紧回去吧。"

"别忘了我说的话。"

"知道了,知道了。"

谢译桥漫不经心地朝不远处一栋小楼的第二层看去,那里搭着一个葡萄棚,但是因为冬天,只剩下枯萎的枝丫。有一个男人站在枯萎的葡萄藤下,默默地看着两人的互动。

谢译桥整理了一下衣领,做出一副胜利者的姿态,嘴角弧度讽刺意味明显,随后转身上了车。

梁晚莺回到家里,坐在严雅云身边问道:"妈,你觉得怎么样?"

"不怎么样,嘴巴倒是挺会说的,他应该去当个演说家,一定也会出名的。"

虽然嘴上说得比较厉害,但梁晚莺已经听出妈妈松口的意味了。

她笑眯眯地晃了晃妈妈的胳膊说道:"那你再考察考察。"

"是要好好考察一下,毕竟婚姻大事,不容儿戏。"

"好好好,我知道你都是为了我好。"

"我听说你之前去山里的时候,他也跟去了?还一待就是几个月?"

"是。"梁晚莺突然有一种不妙的预感。

果然,严雅云眯眼看了看她:"你们年轻人的那点事,我也不想说太透,注意保护自己明白吗?"

梁晚莺当然明白妈妈的意思,脸一下红了。

"我知道。"她的声音简直几不可闻,不知道怎么就从山区联想到这个方面了。

"哎,我就知道。"严雅云说,"改天叫他的父母来聊一下吧,看看他家人怎么样。"

"你同意了!"

"不然呢?"严雅云叹了口气,"你们两个都发展到那步了,再阻拦显得我多不近人情,像棒打鸳鸯的坏人。"

梁晚莺将这个好消息告诉了谢译桥,他那边立刻着手安排自己的父母回国的行程。

谢译桥在梁晚莺家附近订了一家最好的茶餐厅，准备在这里进行会面。

梁晚莺的心情有些忐忑，她还没有见过他的父母，也不知道他们是什么样的人。

等了有二十分钟，他们下了飞机直接赶了过来。

谢译桥的父母六十多岁的年纪，但是精神非常好，看起来比严雅云还要年轻一些。

梁晚莺有些紧张，但他们并没有什么富人的架子，可能也是因为谢译桥的爷爷白手起家，到了他的父母这代的时候才刚刚稳固，所以他们看起来都很和善，没有那种颐指气使鼻孔朝天的感觉。

"这就是莺莺吧，之前译桥给我看过照片。"谢妈妈一头酒红色的短鬈发，脖子上系着条颜色艳丽的丝巾，看着她不住口地夸赞，"这女孩子一看就招人喜欢，怎么会看上我们家那浑小子，你可别被他骗了。"

谢译桥没想到刚见面她就拆台，捏了捏眉心："妈，您胡说什么呢？"

梁晚莺哭笑不得，不过提起的心也放下不少。

谢译桥的父亲看起来也是一个很儒雅随和的人，虽然两鬓斑白，但是并不影响他卓越的气质。

大人间商讨了一些细节上的东西，比如彩礼和陪嫁，还有婚礼在哪里办之类的。

谢家出手非常大方，但是严雅云说道："我就这一个女儿，只要你们儿子对我女儿好就可以了，那些我不在乎。"

"亲家母是个讲究人，但是我们谢家也不能显得那么小气。"

别的林林总总的小东西就不说了，谢译桥决定把憩公馆赠送给梁晚莺。

那栋别墅价格之昂贵就不提了，更主要的是，它是谢译桥亲手打造的，最理想状态的一个家。

梁晚莺也震惊了："不……不用吧……"

严雅云虽然不知道憩公馆有多好，但是想来在那个大城市寸土寸金的地方有一套别墅，那肯定价比黄金。

谢译桥无所谓地说道："这是为了让你安心，以后我如果惹你不高兴了，你可以把我赶出去，自己可千万别乱跑。"

虽然大人们一头雾水，但梁晚莺知道他是在暗示之前两人决裂时的那件事。

谢父谢母倒是没有异议。一切订婚事宜就在亲切友好的气氛中定了下来。

梁晚莺见事情如此之顺利，还有一点轻微的不真实感。

中途，梁晚莺去卫生间的时候，谢妈妈也跟了过来。

梁晚莺看着她礼貌地问道："阿姨，您是有什么话要跟我说吗？"

谢妈妈点点头，脸上带着一抹温和的笑容看着她说："莺莺啊，之前MAZE出事，就是译桥眼睛的那件事，我要谢谢你。"

梁晚莺完全没想到她会说这件事，慌忙摆手道："没关系，我没做什么。"

谢妈妈摇了摇头道："不，你比你想象中的作用要大得多。"

"关于译桥眼睛的那件事，其实是我们全家人的心病。毕竟提起他的眼睛就会想起那场矿难，也是我们做父母的不好，从小就给他施加了极大的心理压力，所以他才会在那么多记者面前失态。但是在这个关键时刻你捞了他一把，我和他爸其实一直都很想谢谢你。"

梁晚莺受宠若惊道："不用不用，我觉得这只是恋人之间都会做的事情而已。"

"要不是因为你,他不会这么快释然的。"谢妈妈拉住她的手,从手腕上取下一个精致的玉镯,"我们很喜欢你,这个镯子是译桥奶奶给我的,我今天把它给你了。"

梁晚莺没再推辞,大大方方地收下了,笑道:"谢谢您。"

一切事情都谈妥以后,谢译桥找了出租车将父母送去安排好的酒店,然后亲自送梁晚莺和严雅云回家。

到了家门口以后,刚一下车就看到了等在门口的钟朗。

看到他们三个一起从车上下来,钟朗显然猜到了什么。

气氛突然间好像有点尴尬,严雅云招呼道:"钟朗,你怎么来了?"

"我……明天要去国外了,因为走得比较早,所以来给您打个招呼,提前告个别。"

"好好好,阿姨这边有点东西要送给你,你进屋来。"

梁晚莺和谢译桥站在门口,不多时,钟朗就拿着一件手工织的毛衣出来了。

针脚细密,看起来就很保暖。

他慢慢走到梁晚莺面前,语气微微有些沉重地说:"听你妈妈说,你们要结婚了?"

"嗯。"

钟朗似乎吐了一口气,然后神色复杂地笑了笑说:"莺莺,即便跟你做不成恋人,但我永远都是你的家人,你的哥哥,如果你受了什么委屈,我可以像以前一样为你出气的。"

谢译桥在旁边凉凉地说道:"我可不想有这么个大舅子。"

梁晚莺斜了他一眼,说:"你先回去吧,我有点话想跟他聊一聊。"

"有什么话是我不能听的。"谢译桥不肯走。

梁晚莺也不说话,就这么静静地看着他。

男人终于顶不住,双手举在头侧:"好好好,我走我走。"

等谢译桥的车消失在路转角,梁晚莺这才开口道:"阿朗……其实我们两个走到今天,真的不完全都是你的责任,你不要沉溺于过去了,快点开始新的生活吧。"

钟朗低声说道:"所有的一切都是我的选择,其实早在我当初做出选择的那一刻,我就知道一切都结束了,我只是有一点点不甘心而已。"

"对不起……"

他眼里涌动着一点微不可察的悲伤,在路灯下一闪即逝,看不真切。

"你们的婚礼,我可能不能回来参加了,但是我会祝福你的。祝你永远幸福快乐。"

两人说完话后,钟朗向前走了一步,俯身抱了抱梁晚莺说:"莺莺,再见。"

这个拥抱并没有特别亲密,只是双手搭在她背上拍了拍,更像是作为一个朋友临行前的告别。

梁晚莺也拍了拍他的肩膀说道:"祝你能够早日成功。"

言尽于此,两人分开。

梁晚莺看着钟朗的背影消失在门后,叹了口气,转身准备回自己家,可是紧接着就被人从身后一把抱住了。

她被吓了一跳,转过身发现是谢译桥,推了他一下,没好气地道:"你干吗啊,怎么还没走?"

"你当着我的面在晚上和别的男人见面,我可能放心离开吗?"

"有什么不放心的,你是不信任我吗?"

"我是不相信他,万一他受了什么刺激,做出什么过分的举动呢?"

"钟朗才不会像你说的那样呢。"

听到她维护他,谢译桥不满地哼了一声。

梁晚莺有些惆怅:"我总觉得有点不舒服,也不知道怎么就成了这个样子。"

"你们刚才拥抱了,我心里也很不舒服。"说着,他像是猫科动物用气味圈地的行为般抚了下她身上刚刚被钟朗抱过的地方。

梁晚莺无语地说:"那是告别,作为朋友的拥抱,以后估计很难再见到了。"

谢译桥满意地点头:"见不到很好。"

"如果他走得很决然,我反而觉得各不相欠,现在总感觉自己的愧疚感更多了。说起来,都是你这个始作俑者,哼。"

梁晚莺就是迁怒他一下,更类似于撒娇的情绪,并不是真的要责怪他。

男人看她的注意力从另一个男人身上转移开,也不计较这点小小的嗔怪,笑眯眯地说道:"你说得都对。"

"你快回去吧。"梁晚莺说,"再不进家门,我妈要出来找我了。"

"好。那明天我带你去试婚纱,关于婚纱照我有点别的想法,现在这些都太普通了,我想等我们蜜月旅行的时候拍,你觉得怎么样?"

"我都可以。"

关于婚礼的一些琐事,梁晚莺不用怎么操心,但请柬她想自己写。

可是当她写完自己朋友的那一批以后，看到谢译桥那边密密麻麻的人名，最终放弃丢给了专门负责的人。

谢译桥想着好久没跟那几个朋友见面了，联系联系小聚一下，顺便把请柬送出去。

几个人很快敲定了时间地点。

当谢译桥来到约好的地方拿出鲜红的请柬时，他们都震惊了。这群人里，除了席荣跟他关系最好，知道他感情上是动了真格，别的朋友都没怎么听他说这事，所以一时间都非常不可置信。

沈之崇："嗯？"

周则序："嗯？"

梁演升："嗯？"

三个人看过以后，异口同声地问："你居然要结婚了？！"

谢译桥得意地拎起一罐酒，向沙发后背一靠，"咔嗒"一声，将易拉罐的拉环打开："是啊！"

席荣和谢译桥碰了一下酒罐，也接了一句："是啊！"

"我天，这是真的吗？"沈之崇将手里的那张请柬看了一遍又一遍，"今天是愚人节吗？"

"怎么，我结婚你们很意外？"

"非常！特别！十分意外！"

周则序喝了一口酒，挑眉说道："我们还以为你是个不婚主义，之前甚至都没见你对哪个女人上过心，这突然就要结婚了。"

梁演升问道："新娘子是谁啊，我们见过没有？"

谢译桥说："之前攀岩的时候，还记得吗？找我来谈方案的那个人。"

"我好像有点印象。"

"我是不记得了。"

席荣讥笑一声："也不知道是谁，追老婆都追到深山老林去了。"

几个人来了兴致："什么情况？什么深山老林？"

席荣刚想揭谢译桥的老底，可是他完全不在意，甚至还有点骄傲地说道："你们不懂，我这是返璞归真，净化心灵。唉，跟你们这群人说不通的。"

几个人打趣了他一会儿，然后周则序叫服务员拿了两副牌过来。

"好久没玩了，今天来两把？"

"好。"

情场得意，牌场也很得意，谢译桥今天运气很好，连赢了好几把。席荣连输几把，被他们嘲笑，于是想给简诗灵打个电话，换换心情，改改手气。

简诗灵和梁晚莺正在一个酒吧玩闹，美其名曰最后的单身派对。

她看节目看得正激动，喝酒也喝上头了，完全没听到手机响。在跳舞的时候，她点亮屏幕，跟随DJ的节奏一起挥舞着手机。

然后，简诗灵在完全不知情的情况下，接通了席荣的电话。

她对此一无所知，兴奋地拉着梁晚莺说道："你看台上跳舞的那个人，看着很不错！"

这边席荣的脸黑了下来。

谢译桥正要笑话他，紧接着僵住了。

"莺莺，那人一直在看你！"

梁晚莺脑子也晕乎乎的，节奏强烈的音乐声和酒精麻痹了她的神经。

她的酒量完全不如简诗灵。她已经醉了，可是简诗灵还像没事人一样。

谢译桥将手里所有的筹码干脆利落地往前一推:"不玩了。"说着,拿起外套穿在身上。

席荣也站了起来说:"我也不玩了。"

两人离开后,几个损友说道:"真是好奇,什么样的女人把这两人拿捏得服服帖帖。"

"我也很好奇。"

"等婚礼那天不就知道了。"

"突然开始期待了。"

简诗灵常去的酒吧只有一个,因为她的身份特殊,所以不能去寻常地方。

所以,席荣一找一个准。

当两个气势强大、外貌英俊的男人走进来的时候,瞬间吸引了很多人的目光。

席荣轻车熟路地逮到了卡座上的简诗灵,谢译桥则捞起抱着啤酒瓶还在说醉话的梁晚莺。

谢译桥对席荣说道:"以后管管你的女朋友,别带坏我的女人。"

梁晚莺挣扎着:"你是谁?我不跟你走!"

简诗灵倒是一点没醉,嘟囔了一句:"我们的单身派对,你们两个来凑什么热闹?"

席荣哼了一声:"你们两个有哪个是单身?"

"你们两个不也去玩了吗?"

"我们只是打牌、喝酒,你们两个倒好!"

"你说是什么就是什么。"简诗灵明显不相信席荣的话。

席荣将简诗灵带走了。

谢译桥看着醉得连话都说不清的女人,弯下腰本想去抱她,可是她虽然喝醉了,但警惕性依然很高,手脚并用地挣扎着:"别碰我!你是谁?"

男人无法,只能将她扛起。

梁晚莺的腹部抵住他的肩头,更加不舒服了,于是挣扎得越发厉害。

她像是一只不肯被人抱的倔强小猫一样僵直了身体:"唔……你是谁啊?放开我!我要喊人了。救我——"

他无奈,啪的一声,拍了拍她的后腰:"安静点,莺莺。"

梁晚莺手脚并用地挣扎。

谢译桥"啧"了一声,似乎突然想到了什么有趣的东西,于是将她带到一旁的包厢区,递给门口的服务生一张黑色的VIP卡,然后开了一个空包房,将她带了进去。

包厢里只开了一圈蓝莹莹的背光灯,并不能照得很清楚。

梁晚莺软软地倒在沙发上,眯眼看着立于自己上方的男人。

好像有点眼熟,气味也很熟悉,但是她脑子昏昏沉沉的,一下子想不起来。

她记得刚刚在跟简诗灵一起喝酒,怎么突然换成了一个男人。光线太弱了,她努力想要看清楚男人的脸,可是一切只是徒劳。

"你……是谁?"

男人俯身而下,屈起手指,用指节的关节处抚过她温热的脸颊。

"这位美丽的小姐,你在这种地方,喝成这样,是不是高估了男人的道德底线?"

"什……什么意思?"

她的嘴微张,眼神迷离,有浓郁的白兰地的气味溢出。

幽幽的蓝光像是一把锋利反光的雕刻刀一样,将她雕琢成一块诱人的美玉。

梁晚莺偏了下头:"是你啊……"

男人慢条斯理地问道:"我是谁?"

"谢译桥……"

他捏了捏她软软的耳垂:"或许,你还可以叫我谢先生。"

她脑筋也有点转不过弯来,于是歪了歪头看他。她醉酒后会露出罕见的娇憨,和她平日里镇定自持的样子大相径庭。

谢译桥每次看到她这副样子总会忍不住想要逗弄她:"你刚刚在看谁?"

"没有……没看。"

"说谎。"

她突然被男人捞起,按住了包厢门口那根窄窄的玻璃条上。

"那——"他拖长了声音,"刚刚哪个人在看你?"

"我……不知道呀。"

男人从她肩后伸过手,握住她的下巴迫使她看向外面热闹的舞池。

"是台上跳舞的那个吗,还是台下的那个安保人员?原来你喜欢那种类型?"

"我没有……"

她完全跟不上他的话题,也不知道该怎么回答。男人在她背后,声音轻缓带着戏弄之意。她看不到他的脸,只能听到他语意不明的话。

女人有些委屈,明明她什么都没做,却要被他这样质问。外面的音乐声骤然激昂了起来,大大小小的鼓点节奏轮番上演,五颜六色的霓虹光逐渐模糊成一团混沌的色块,映在她的眼里,她觉得自己的头更疼了。

谢译桥终于不再捉弄梁晚莺，弯腰将她抱起。走出大门以后，司机已经将车停在了门口。他把她放在后座，然后自己从另一头上车。等坐稳以后，他屈起手指叩了叩挡板说道："走吧。"

车在黑夜中穿行，一排排的路灯飞速向后退去，车内被短暂照亮后又迅速暗下去。

婚礼定在A市举办，梁晚莺只邀请了简诗灵和与她关系好的一些同事。

喻晋有事情来不了，于是只随了礼金，顺便送上了祝福。

谢译桥那边乌泱泱来了好多好多人，他的伴郎团……简直了。

个个都是一米八几的大高个，而且每个人风格不同，但是同样贵气逼人。

他们身上全都是高定西服，修长笔直的大长腿，一排站开，看得人眼花缭乱。

简诗灵拉着梁晚莺啧啧称赞道："天啊，这几个人在A市是很有名的公子哥，果然，物以类聚，帅哥都是认识的。"

这群人对梁晚莺似乎很好奇，除了席荣，每个人都过来给她递了名片。

叫沈之崇的男人生了一双漂亮的桃花眼，看人的时候笑眯眯的，可是总觉得他不像个好人。

"美女，你怎么这么想不开要嫁给他啊。"

叫周则序的看起来相对而言没那么轻浮："有机会可以一起合作。"

而梁演升，比前两人看着稳重一些，却更能精准命中目标。

"如果想要了解译桥的一些事,随时可以打给我,独家爆料。"

简诗灵见他们想要起哄,走到一旁的席荣身边:"你不能管管你这群朋友吗?"

"没事,他们都是开玩笑的,一会儿气气译桥,哈哈哈。"

简诗灵白了他一眼说:"果然,你们没一个好人。"

谢译桥过来接梁晚莺的时候,看到她被这群男人包围,两步上前突破了包围圈说道:"好啊你们,还真给我捣乱来了。"

谢译桥穿了一身裁剪精良的月白色西装,上衣后摆是精致的小燕尾设计,领口处插着一个工艺奢华的夜莺衔玫瑰的胸针,铂金的主体加上红宝石雕刻而成的玫瑰,非常耀眼。

他冷白色调的肌肤,也被玫瑰宝石映出一点颜色。

这身西装的面料上还撒了一些云母粉,在他行动间闪烁着神秘的微光。腰线收得非常精准贴合他的身体曲线,肩宽窄胯,举手投足都是款款风流。

梁晚莺的婚纱是缎面的,表面看似低调,实际上内有乾坤。灯光一打,纯手工的银线苏绣,让裙面熠熠生辉。还有臂膀处垂下来的肩袖设计,就像鸟儿的一双翅膀般垂羽栖息。

华美精致,至繁至简。

她的头冠也是通体铂金打造,镶嵌了珍贵的红宝石,和他的胸针风格相贴合。因为媒体被挡在了外面,这里又都是熟人,简诗灵也放下了包袱。

她拿着手机拼命帮梁晚莺拍照。

"我的莺莺好美。这件婚纱好适合你。"

小金和施影发现简诗灵,都震惊了一下,然后小声在下面交头接耳:"莺莺居然还认识演员。"

施影说："之前给MAZE做的广告，好像就是请的她。"

"我也做了很多广告，怎么没有演员愿意跟我做朋友？"

"你要对自己有清楚的认知。"

"我想去找她要个签名……"

"我也想……"

两人商量了一下，最后还是扭扭捏捏地过来了。

简诗灵并没有摆什么架子，高高兴兴地帮他们签了，甚至还拍了张合影。

虽然谢家有钱有势，但严雅云的意思是，结婚还得按她们的习俗来。

所以，谢译桥要将梁晚莺领出去，就得找到新娘子藏起来的鞋给她穿上才可以把人带走。

不知道伴娘团将鞋子藏到了哪里，而且一点提示都不给。

沈之崇甚至用上了美男计都不行。谢译桥和这帮公子哥最后都无奈了。从没想过接个新娘居然这么困难，他们几个人在商场情场都从未遇到过这么棘手的事。

明明整个房间都找遍了。

谢译桥很是无奈，只能使出了老手段。

他拿出几个红包，呈扇形推开，说道："一个红包换一个提示怎么样？"

简诗灵说："可以啊，不过红包的大小决定了提示的简单与否。"

谢译桥挑眉："那再好不过了。"

伴娘团拿到红包，打开一看，倒抽了口气："果然是谢总，出手真大方。"

施影已经在红包炸弹下沦陷了。

"你想想,什么地方是你可以看,别的男人绝对不可以看的。"

这个提示出来,坐在床边的梁晚莺脸瞬间红了:"小影!"

施影吐了吐舌头:"红包太大,这个提示简单明了,而且,吉时要到了,再闹下去就要耽误时间了,嘿嘿。"

谢译桥了然地点点头。

他走过去,俯身,果然从梁晚莺的裙子底下摸出了婚鞋。

他半跪在地板上,低下头托起女人白皙纤润的脚,将那双尖头细跟鞋套上。

谢译桥眉眼低垂,棱角分明的侧脸显得虔诚又温柔。然后,他俯身亲吻了下她的脚背。

旁边的人纷纷起哄,梁晚莺有些不好意思。

男人起身,对将两人围起的伴娘和亲友笑着说道:"各位,现在我可以带走我的新娘了吗?"

大家笑着让开一条路。走到楼下,车队已经在等待了。

新郎和新娘分别要上不同的车。根据习俗,她的婚车要绕一段远路,大致也是讨个吉利。

简诗灵和施影跟梁晚莺坐在同一辆车上。

"天啊!"施影感叹道,"平时一辆都难见到的豪车,今天见到了这么多,好让人羡慕。"

她们两个都很爱说话,施影本来跟简诗灵在一起还有点拘束,发现简诗灵性格如此不拘小节以后很快与其熟络了起来。

两个人叽叽喳喳说个不停,只有梁晚莺握着捧花的手出了一些汗。

也不知道开了多久,这边伴娘车上婚庆公司的人的对讲机响了。

"莺莺。"男人低低的声音,伴着对讲机的电流声传来。

那人将对讲机给她。

梁晚莺有些紧张:"怎么了?"

"我就快到地方了,你那边还要多久?"

"可能还要二十分钟。"

"我有点等不及了怎么办?"

梁晚莺不好意思地看了看周围的人。

司机和工作人员笑道:"你们感情真好啊。"

简诗灵和施影做出一副受不了的表情:"好肉麻!"

谢译桥那边的几个朋友也跟着嘲笑了他几句。

男人对他们的打趣毫不在意。

"莺莺,你紧张吗?"

"有一点。"

"那我想唱首歌给你听。"

"好。"

电流声嗞嗞响了两声,片刻后,男人低缓的嗓音开始颂唱。

周围喧闹的声音逐渐静止。

只有男人的声音在车厢内回荡。

I wanna call the stars down from the sky

我想让星星从天空洒落

I wanna live a day that never dies

我想要生命永垂不朽

I wanna change the world only for you

我想要为你改变这个世界

All the impossible

做所有不可能的事

In a world of lies you are the truth

在这个充满谎言的世界里,你就是唯一的真理

梁晚莺的婚车也终于在此时开到了目的地,她踩着鲜艳的红毯,缓缓走向庄严的殿堂。

殿堂高高的大门被站立于门口的侍从慢慢拉开,浓烈的香味和舒缓的音乐随着门的开启,飘到了她的身旁。

即便是室内婚礼,但是整个大厅被布置得像是油画世界里美丽的庄园。名贵的鲜花遍布了大厅的各个角落,法式风格的装饰优雅中又透着轻盈。

如仙境般美丽。

十米之外,英俊的男人在灯光绮丽、花团锦簇的舞台中,迈步而来。他长身玉立,眉眼处是无尽的温柔与热切,如同童话故事里年轻的国王,正等待着他的爱人。

而她手提裙摆,将要一步一步地走到他的身边去。

时间的流逝仿佛变得缓慢,她的脑海中开始回想起自两人初识到相爱的过程。

每一个生命,每一个人,都是不同而独立的个体,能够磨合成功并且走进婚姻何其艰难。

爱恨嗔痴,她都在这个男人身上品尝过。

可是现在,那些都不重要了。

在她轻快的步伐下,长长的头纱像是有了生命力般被过堂风带动,心口仿佛有无数只纯白的蝴蝶振翅,连带着心脏一起颤动。

在浮光掠影中,男人微笑着,向梁晚莺伸出了手。

"恭候多时了,我美丽的新娘。"

Chapter 15
惊险浪漫的蜜月之旅

即便梁晚莺只是出席了一场婚礼,其余所有事都有其他人打点妥当,可是这一整天下来,她依然感觉快要累垮了。

宾客差不多该回家的回家,路途遥远回不去的也提前安排了酒店,只剩下一些善后工作。

梁晚莺坐在梳妆台前,将脚上的亮片高跟鞋踢掉。

今天她穿了一天的高跟鞋,脚踝已经充血有轻微的肿痛。

浴缸里已经放好了热水,她卸过妆以后就可以去泡澡了。

梁晚莺拿着卸妆棉看着镜中的自己。

她是第一次打扮得这么隆重,精致的妆容,昂贵的婚纱与奢华的头冠。她抬手触碰了一下自己的脸颊,总有一种恍惚不真实的感觉。

曾经她对未来的规划根本未曾想过这些,也不知后来竟会有如此奇妙的际遇。

吵闹了一天,此时从喧嚣到安静,乱哄哄的大脑有一种从烈火烹烤的熔炉中取出浸润到清凉海水里般浑身舒畅的感觉。

沉甸甸的头冠取下,放在桌面。有隐隐的脚步声从不远处传来,一步一步,慢慢清晰,逐渐与她的心跳持平。

男人推门进来。

他今天似乎特别高兴,那些朋友故意折腾他,灌了很多酒,他也都来者不拒。

男人向她走过来时,步履有轻微的不稳,嘴角挂着柔和的笑意。

"莺莺……"

他摇摇晃晃地向她走来。

梁晚莺赶紧起身走过去准备扶他一下。

她刚触及他的手臂,男人借势一把抱住了她。

由于场馆鲜花众多,他的身上都被熏上了浓重的花香,其中还混合着各种美酒的气味。

这些气味从四面八方包围了她,仿佛长出了细小的触角,将她和他紧紧粘在一起。

寂静的夜,悄然落了霜。

她今天并没有怎么沾酒,谢译桥知道她酒量不行,于是授意将她杯中的酒换成了水。

可是这样浓烈的气味,也让她有些头脑发晕。

男人因为醉酒,颧骨处都浮现起一抹淡淡的红。

那双琥珀色的眸子好似被清冽的酒水浸润,泛着迷离之色。

"莺莺……"

他温热的指腹,拂过她的脸颊,像是在欣赏一件精美的瓷器。

手指向下,终点却不是嘴唇。

"莺莺……你真漂亮。

"你就是全天下最漂亮的新娘子。

"莺莺……"他在她耳边不住地喊着她的名字,"你都不知道我有多高兴。你终于真正属于我了。"

漫长的夜，月亮都藏进了云层里。

庄园里高大的观赏树的枝丫高高伸展，像是遍布天空隆起的脉络。

……

两个人没日没夜地厮磨了两天，梁晚莺在第三天义正词严地拒绝了他。

她提出了分房睡。

谢译桥当然不愿意。

"才结婚不到三天你就要跟我分房睡？这像话吗？"

梁晚莺不听他的，当机立断地收拾东西，去了另一个卧室，并且把房门反锁上了。

谢译桥又想故技重施，可是她今天是铁了心不给他开门。

高大的男人站在次卧门口，屈起食指轻叩房门，低声哄着自己闹别扭的小妻子。

"小兔子乖乖，把门开开。"

梁晚莺无语道："你今天就死了这条心吧！"

"莺莺，我就抱着你睡觉还不行吗？"

"你昨天也是这么说的！"

"我今天向你发誓。"

"你大前天已经发过了！"

男人在门口敲了半夜的门都没敲开，只好作罢。

独守空房的滋味很不好受，他躺在床上翻来覆去睡不着。

说来也怪，明明以前他一个人睡了那么久都没觉得有什么，现在身边没人总觉得怀里缺了点什么。

深黑的夜，男人坐在床边，指尖猩红的火点明明灭灭。

袅袅的烟雾蔓延，却安抚不了他躁动的心。

那边的女人似乎已经睡熟了。

"小没良心的。"他长长地吐出一口烟，叹息道。

第二天，谢译桥看着精神饱满的女人，不爽地问道："昨晚你睡得好吗？"

梁晚莺简直觉得太好了。

她笑眯眯地说："挺好的，你睡得不好吗？"

男人咬牙切齿地说道："你觉得呢？"

梁晚莺不顾怨念满满的男人，神清气爽地提议道："以后我们就这样生活吧，每个人还能有点自己的空间，我觉得很好。"

"想都别想！"

第二天吃过午饭后，谢译桥坐在沙发上，拉着梁晚莺的手揉捏着她的指骨说："你之前住的那个房子还不退掉吗？我准备找人帮你把东西搬过来。"

梁晚莺想了想说："这边离我上班的地方实在太远了，我觉得来回跑好累。"

男人立刻坐直了身体："什么意思？你难道还想回去住？"

"没有没有。"看到男人有点生气的样子，梁晚莺赶紧安抚道，"我就是想着万一加班太晚什么的……"

"所以我觉得你继续你的画画事业就挺好的，做这种自由职业，我们在一起的时间就可以更多，你也不至于无聊无事可做，简直两全其美。"

"原来你打的这个算盘。"梁晚莺撇撇嘴。

"是不是很深谋远虑？"

梁晚莺白了他一眼说："反正我后天就要复工了，我会按时上班的。"

"你不是还有年假没休吗？一起休了吧。"

"我不要。"梁晚莺拒绝了这个提议，"过年放了半个月假，我婚假又休了好几天，而且之前我因为项目在外面待了那么久，如果我总是不在公司的话，以后要被边缘化的。"

谢译桥抱住她，吻了下她的头顶："可是我们在一起的时间真的太少了，你就不想和我多待几天吗？"

"已经很腻歪了……"梁晚莺皱了皱鼻子，"我感觉自从认识你以后，你在我的生活中简直无孔不入，结婚之前都很腻歪了。"

谢译桥突然不说话了。

气氛沉默得有些怪异，梁晚莺侧头觑了他一眼，发现他面上带着一种奇奇怪怪的笑容。

"你干吗笑得这么恶心……"

谢译桥不爽地捏了捏她的鼻子："胡说什么呢？"

"那你笑什么？"

梁晚莺起身想走，男人跟在她身后："要不你辞职吧，你还想做这种工作的话我可以给你安排进一个4A广告公司，能学到的、能做的更多。"

梁晚莺摇了摇手指："不要，我是绝对不会从现在的公司辞职的，融洲虽然体量不大，却是一个非常有人情味儿的公司，这一点很难得。"

"好吧。"

两个人不知不觉走到了室外的花园。

现在这里只有一些四季常青的植物，梁晚莺四处看了看没有发现那只捡来的小鸟。

谢译桥看出她在找什么，说道："那次，我们吵过架以后，门忘了关，所以它也飞走了，一直没有回来。"

"哦……"

"不过万幸的是，我把你找了回来。还有这个。"

谢译桥从置物架最下方拿出那瓶青金石粉末："我之前就一直在想，什么时候有机会把这个给你。"

之前这个颜料还没做好，两人就闹翻了，所以谢译桥让人将这些粉末收好，再没拿出来过。

梁晚莺接过来，打开白色瓷瓶的盖子倒出一点，看了看说："还挺像那么回事的。"

男人得意地扬眉："那当然，我可是专业的。"

"那我试试看。"

"好。"谢译桥让管家送来一套完整齐全的绘画工具。

画架撑开，梁晚莺挑了挑眉说："你又不会画画，东西倒是准备得很齐全。"

"因为我知道有一天肯定会用上的。"

"你这么自信的吗？"

"当然，我可是谢译桥。"

梁晚莺抿嘴笑了笑，没再打趣他，从容地起笔。

女人坐在绿植环绕之处，日光穿过穹顶，洒在她的身上和画板上，整个人仿佛都在闪闪发光。

谢译桥没有打扰她作画，也安静了下来。他无事可做，随手抄起一本杂志开始翻看。

渐渐地,他眼皮有些沉重。

昨晚他一直没睡好,此时她哪怕就这样静静地待在他身边,浅浅呼吸都让他觉得无比心安。

画完以后,天好像都暗了几分。

梁晚莺转头想要问问他好不好看,这才发现,男人脸上盖着一本杂志,不知道什么时候睡了过去。

她没有吵醒他,将旁边准备的薄毯盖在他的身上,然后轻手轻脚地离开了。

等谢译桥醒来的时候,已经是傍晚了。

太阳悬落于地平线,将最后的余晖洒向万物。

他起身,薄毯随着他的动作卷到了腰腹。

梁晚莺已经不在这里了。

男人伸了个懒腰,起身准备离开花房,余光瞥见了画架上的那幅画。

郁郁葱葱的花园里,男人躺于花团锦簇的阳光房中,手边是一瓶倒了的红酒瓶,瓶口倾泻出一些酒液。

他看着这幅画,回想起那个时候的场景,嘴角控制不住地扬了起来。

原来她也都还记得。他迈着轻快的步伐,想要去找自己可爱的小妻子互诉一下衷肠,可是——他今天依然被关在了门外。

梁晚莺早早吃过了晚饭,回到了自己的房间再也不肯出来。

谢译桥在这个偌大的房间孤枕难眠,在脑子里思索有什么补救办法。

视线扫到墙面上的控温开关,他挑了挑眉,将恒温系统控制的室温调高了10℃。

梁晚莺迷迷糊糊地感觉越睡越热,身上轻薄的被子仿佛变成了火炉,烤得她口干舌燥。

最后,她不得不爬起来。

她拿起床头柜的手机看了一眼时间,现在已经是凌晨十二点半了。

四周静谧一片,只有昏黄的小夜灯散发着熹微的光芒。

她从床上爬起来,想去客厅的冰箱拿一瓶水解解渴。

今天房间怎么这么热,真是奇怪了。

她瞥了一眼温度控制器,居然有35℃。

她第一眼看到还以为自己看错了。她抬手将温度往下调,可是怎么按都没有反应,最终都会跳回到35℃。

她打开房门,客厅也黑黢黢的一片,抬手去摸墙壁上的开关,却触到一个温热的身体。

她被吓了一跳,浑身的汗毛乍起,还以为家里进了贼。

"谁!"

男人温热的大掌按住她的手背,语气幽怨:"宝贝,你可真够狠心的啊,连着两天都不肯跟我睡一个房间,你都不想我吗?"

梁晚莺松了口气,推搡了他一下:"你吓死我了,大晚上的不睡觉,杵在这里干什么?"

"我睡不着,你不能这么对我。"他控诉道。

梁晚莺深深地叹了口气,拍了拍他的后背:"我要喝水!先让我喝水!我渴死了,今天那个室温怎么回事啊?"

"哦……系统出故障了,明天找人来修。"

谢译桥走到冰箱那里,一手托着她的身体,一手打开冰箱门。

冰箱门打开,冷气扑到她的身上,瞬间舒爽极了。

梁晚莺转身，取出一瓶纯净水，咕咚咕咚灌了好几口。

谢译桥拍了拍她说："我也要喝。"

梁晚莺重新拿起一瓶拧开瓶盖递给了他。

他看着她，四目相对，在黑夜中燃起篝火。

梁晚莺第二天醒来的时候，发现空调温度已经恢复正常了。

"这么早就有人来修了吗？"她看了看时间，才早上八点钟。

谢译桥脸不红气不喘地说道："当然。"

"有说是哪里的问题吗？"她担忧地说，"这种东西坏掉的话，总让我想起那种灾难电影里的情节，人被困在一个房间里，温度不断升高，最后烤干……"

谢译桥侧躺，单手撑着脑袋，另一只手钩着她的一绺长发在手中打转："怎么会呢，35℃就是最高温度了。"

"哦……"

本来谢译桥就已经计划好要带梁晚莺去国外度蜜月，虽然她说要按时上班，但是架不住谢译桥软磨硬泡，她只好把年假休了。

五天的年假，谢译桥定了四个地点。

梁晚莺看着这个行程表，脸皱到了一起。

"这也太赶了。"她说，"不莱梅、冰岛、沙漠、南极……这天南海北的，五天的时间哪里够啊。"

谢译桥心痛地看着她画掉三个，最后只留下了不莱梅和冰岛。

"你事业心也太强了，不能为了我让步一下吗？"

"我们两个人在一起的时间还久，以后假期都可以去。"

"好吧……"

飞机定在明天出发，今天谢译桥要跟梁晚莺去把她租的房子收拾出来，东西全部搬到憩公馆。

她没有什么大件的物品，只有一些日常用品，连搬家公司都不用请了。

虽然房租还有半个月到期，但是她也要提前给房东打个招呼，不耽误人家出租。

她将房间收拾好，给房东打了电话。

房东过来检查过后，看她把房子收拾得很干净，很爽快地退了押金。

将所有手续办好，她下楼，最后看了看这个自己住了一年多的房屋，心里莫名有种空落落的感觉。

虽然两个人现在几乎算得上是蜜里调油，但是想到从此以后要将自己的身心全部交给另一个人，她总有一种不安的感觉。

不过谢译桥对她真的非常好。

结婚时公公婆婆送了她很多东西，几乎一瞬间就让她财务自由了。

可她还是觉得自己要工作，无论是任何时候，都不能成为一个人的附属品，不能处于被动的局面。

她觉得只有经济独立，才能人格独立。所以，她一定要留住这份工作，这是她的底气。

谢译桥虽然不知道原因，但是也察觉到了她那点微妙的情绪，拍了拍她的手安抚道："怎么了？"

梁晚莺笑了笑，没有说话。

第二天一早，两人就动身上了飞机。

谢译桥提前安排了跟拍的摄影团队，说要拍些有意义的照片。

摄影师很有分寸，而且谢译桥要的就是轻松自然的风格，所以他们不必刻意凹造型，摄影师会全天候跟着抓拍。

不莱梅的正午，阳光明媚，空气里仿佛都弥漫着淡淡的花香。走进这座充满文艺气息的城镇，仿佛真的来到了童话世界，尖顶的建筑、木质的门窗、颜色鲜艳的墙壁和白色的栅栏。

在广场中心，有小孩子拿着泡泡机来回奔跑，透明的泡泡在阳光下五彩斑斓，顺着风向吹得到处都是。

路边的转角，有人抱着吉他唱歌，低沉的女声充满了故事，在这宁静的午后，显得格外迷人。

走着走着，梁晚莺看到一座标志性雕塑——《不来梅的音乐家》，就是《格林童话》里那几只动物叠成罗汉吓跑强盗的造型。

最下面是那头驴，传言说摸了它的前蹄和嘴许愿可以带来好运。

谢译桥止步，笑着问道："要去摸摸吗？"

"好啊。"她点点头，倒也不是说多么相信，只是觉得好玩罢了。

毕竟，很多东西只是寄托人类美好的祈愿，是被人类赋予的价值，从而安慰人心。

驴子的两只前蹄和嘴巴已经被人摩挲得锃光发亮，看起来有点滑稽。

两人十指相扣，在这座雕像前留下了第一张照片。

再往前走，遇到了一个画彩绘的老人。梁晚莺有点好奇，在旁边围观了一会儿。老人的手很稳，比起她这个画了十几年画的人都有过之而无不及。

他以肌肤为画布，用一种天然的染膏做颜料，创造出烦琐而精致的图形，充满了浓浓的异域风情。

谢译桥看她很感兴趣的样子，提议她也去画一个。

老人说的德语，梁晚莺不太能听懂，挠了挠头，比画了半天。

谢译桥了然，上前跟老人交谈了两句。

"他说你挑的图案是画在脸上的，问你接不接受在脸上画。"

"可以。"梁晚莺有点惊讶，"不过你怎么还会说德语，之前都没听你讲过。"

男人弯唇："你不知道的还有很多，今后可以慢慢发掘。"

梁晚莺坐在老人面前的小板凳上，昂起头。细软的小刷子从她脸上划过，有一点点痒。颜料凉凉的，在脸上涂抹开时有一种奇妙的触感。

淡淡的香味像是一团轻雾笼罩在她脸上。大概十分钟，脸上的花纹就画好了。

老人拿了一面圆形镜子递给她。

梁晚莺接过来照了照。

这是一种类似于吉卜赛女郎身上那种风情妖艳的花纹。

黑色的线条优雅而神秘，从眼角处形成蜿蜒的纹路，最后，如众星捧月般点上一抹鲜艳的红。

"好看吗？"梁晚莺抬起头看向谢译桥问道，"会不会很夸张？"

谢译桥点头，毫不掩饰自己的欣赏："很好看，一点也不夸张，非常适合你，而且肯定很上镜，都没有见过你这样的风格，非常棒。"

梁晚莺被他夸得有点不好意思，将镜子还给老人。

付过钱以后，老人叮嘱要等二十分钟左右才能完全风干，这期间不要触碰，不然会花掉。

谢译桥和梁晚莺道谢，然后牵手离开。

傍晚的时候，两人在街上遇到了一个街头马戏团。

梁晚莺以前只在书里或电视上看到过马戏团,自己并没有亲眼见过。

出于好奇,她和谢译桥也凑了过去。

台上正表演着精彩的节目,有杂技、滑稽戏和一些动物表演。梁晚莺只觉得看得惊心动魄。无论是人还是动物。

其中有一头几个月大的小狮子,突然罢了工。它在表演倒立的时候一直撑不起来,被驯兽师拿着鞭子抽了好几下。

梁晚莺看了一会儿感觉不是很舒服,于是对谢译桥说:"我们走吧,我不想看了。"

谢译桥看她似乎有些不高兴,想了想提议道:"想不想摸一摸抱一抱?"

"算了……"

"你上去抱着它拍拍照,也可以让它趁机休息一下。"

拍照的话要另外给钱,谢译桥付过钱以后,示意她过去。

梁晚莺走近才发现,这头小狮子身上遍布结疤的鞭痕。

小狮子像一只可怜的奶猫一样,黝黑的瞳孔似乎能看出情绪,被抚摸时它用力地颤抖了一下。

后来,似乎能感受她并没有恶意,它用头蹭了蹭她的手心。

梁晚莺心都化了。

她掌心抚过它的身体时,甚至能摸到嶙峋的肋骨。

虽然现在很多地方都在呼吁禁止马戏表演,却并没有明确的法律条例。

她看着这头小狮子,起了怜悯之心。

谢译桥不知道去了哪里,已经不在刚才的地方了。

梁晚莺赶紧回头找他,发现他在跟一个陌生的大胡子男人不知道聊什么。

看到她寻找他，他对着她微微一笑，然后不知道跟陌生男人又说了几句什么，才走了过来。

"那是谁啊？你们在聊什么？"

谢译桥没有回答，蹲下身，撸了一把那只小狮子的耳朵，压低了声音问道："想不想解救它？"

"嗯？怎么解救？"

男人笑了笑："我自有办法。"

"说来听听。"

"跟我来。"谢译桥将她从地上拉起，然后从她手中接过狮子，慢悠悠地踱步到人群包围圈外。

梁晚莺还以为他要去找老板谈判。

可是他突然拉着她冲出人群跑了起来。

梁晚莺惊呆了，身体在大脑反应过来之前就跟着他跑了起来。

后面有人大喊着"Stop Stop（停，停）"，梁晚莺被这突如其来的变故惊到，不知道发生了什么。

"这就是你想的办法吗？"

"是啊。"

"可是，我们这样真的好吗？"

"不好，但是快跑，被抓到就完了。"

梁晚莺今天为了拍照，穿了一件符合这个童话世界的宫廷风白色连衣长裙。

她跑起来时风将裙摆掀起。

女人黑色的长发在夜色中飘扬，脸上异域风情的花纹让那张惊慌的脸看起来更多了几分纯真的诱人。

男人身材高大，双腿修长，一身复古风的黑色西装，搭配双排的金属纽扣，迈步时衣摆翩跹。

他的臂弯里是一头年幼的狮子，狮子金色的瞳孔圆圆的，似乎知道自己即将摆脱困境，兴奋地仰天长啸。

灯光亮起的街道，绚烂多彩，路上的行人纷纷侧头望向他们。

在这陌生的国度，异域的土地，两人十指紧扣，在人群中逆行，正奔赴一场浪漫的逃亡。

女人惴惴不安，喘着气，频频回头望去。

头顶上还有一架黑色的无人机紧紧地跟着他们。

梁晚莺有些害怕：“怎么办？我还从来没有做过坏事，我们会不会被抓进警察局，留案底了怎么办？”

男人没说话，拉着她往前跑。

身后的人越追越近，滑稽的小丑、穿着燕尾服的魔术师、驯兽师、杂耍人员等。

梁晚莺越来越惊慌，焦急地说：“怎么办，怎么办？要被追上了。”

男人站定，将小狮子塞到她的怀中。

"那你带着它跑，我来断后。"

梁晚莺不知道他为什么到了现在都这么淡定。

男人看着她的表情，终于笑出了声，不再逗弄她："这头小狮子我买下来了，不然你以为我们可以这么顺利跑出来吗？"

梁晚莺瞠目结舌，问："什么时候的事？"

"我看你好像挺心疼它的，所以去跟老板商量了一下，出了一个非常合理的价格。"

"那……你付钱了他们为什么还要追我们？"

"想拍个有趣的短片，让他们象征性地追一追。"

那些人追上来以后,谢译桥和梁晚莺被围在了中间。

其中一个脸上画着油彩、穿着大头皮鞋的小丑对着她做了个鬼脸,然后笑嘻嘻地从口袋里掏出一张照片——是刚刚她抱着小狮子蹲在地上时抓拍的一张。

穿着白裙目露怜悯的女人,瘦弱的小狮子在她掌心撒娇,背后围观的人群被虚化后依然能模糊看见他们各异的神色。这张照片虽然用拍立得照的,但是构图和光影非常有韵味。

头顶的无人机也在此时降落了。

时间不早了。

这个短片拍完以后,摄影团队也收工了,说是剪辑好以后会发给他们过一下目。

眼看马戏团和摄影团队的人都离开了,只剩下了梁晚莺和谢译桥……哦,还有一头小狮子。

"这头小狮子……我们怎么处理?"梁晚莺问道。

"带肯定是带不回去的,但是直接放归大自然的话,它是难以存活下来的。"

"是啊。"

梁晚莺的手指陷进小狮子茸茸的长毛里,来回抚摸着。天色已经很晚了,两人也该找地方吃饭休息了。可是抱着它,去哪儿都不方便。

谢译桥拿起手机,搜索了一下野生动物救助相关部门的电话。

那边的人得到消息后,很快赶了过来。虽然相处的时间并不久,但小狮子明显很依赖两人了。

梁晚莺有些不舍。

谢译桥看着有点黏人的狮子,从梁晚莺怀里抱过来,对着它说:

"要是一只小猫、小狗也就带回去了,但你可是狮子,大草原才是你的家知道吗?"

小狮子听不懂,只是哼唧了两声。

今天辗转了两手,它又开始惊恐,但是不得不接受了。

救助人员说道:"我们会对它进行专业的训练后再放归,你们可以留个邮箱,到时候会定期发影像资料给你们。"

"好。"

将这件事解决好以后,两人终于可以回住的地方了。

谢译桥这次一改往日的风格,选了一家非常有童话气息的小旅馆。

明亮的配色,满满北欧感的装饰风格。

壁炉里跳跃着温暖的火焰,一旁是松软的石绿色沙发,看上去就很暖和。

梁晚莺为了拍照穿得比较单薄,但是后来被谢译桥拉着跑了半条街反倒出了点薄汗。

她想先洗个澡。

卫生间里面有一个复古精致的浴缸。深绿的外围,内里洁白,金色的淋浴头挂在一旁,带着浓重的20世纪风格。在放水的间隙,谢译桥走到房间的一角,那里有一架看起来非常有年代感的钢琴。

他将钢琴盖掀开,侧头笑着问道:"你有没有什么想听的曲子?"

"我对这个没有什么研究,你随便弹。"

梁晚莺窝在沙发上,听着男人弹《月光曲》,却渐渐打起了瞌睡。

在睡得迷迷糊糊的时候,她似乎被人抱了起来,然后放在了床上。

"唔……我还没洗澡……不舒服……"

男人低低地笑了笑:"好,那我帮你洗。"

……

第二天,两人去了科隆大教堂,还去了艺术馆,梁晚莺换了好多套衣服,拍了好多照片。

中途她甚至不想拍了,但是谢译桥兴致很高,她也只好配合。

今天是在德国的最后一天了,明天要出发去冰岛了。两人结束一天的行程,回住处的时候路过一家日式小酒馆。

昏暗的灯光,木色的牌子,用毛笔写上粗粗的字体。梁晚莺还没见过这样的小酒馆,有点好奇。

于是,谢译桥将她拉了进去。

他开了一瓶来自大阪的清酒,又点了一些料理。梁晚莺端起酒杯,抿了一口,还以为会很冲,结果口感意外的柔和。

"怎么样?"谢译桥问道。

"还可以。"

谢译桥笑了笑,夹了片马颈肉喂给她。肉质新鲜,带着点马肉独特的鲜香,与酒精混合,又多了一种复杂的味道,让人有点上头。

环顾这家酒馆,随处可见的汉字和汝窑瓷当作装饰,老板似乎非常痴迷中国文化,只要有人看向他面前的那套汝窑瓷,就会滔滔不绝地跟别人讲述它有多么美丽与珍贵。

小酒馆很安静,大家说话时也窃窃私语,前方的台子上有个穿着和服的女人化着复古妆容,弹着轻婉哀愁的曲子。

谢译桥中途起身去了一下卫生间,出来的时候却冷不丁被一个醉汉撞到。

醉汉连声道歉都没说就钻进了卫生间。

想到梁晚莺还在等他,男人蹙了蹙眉心,没有多说什么。

两人吃饱喝足以后,谢译桥从外套内口袋去摸钱包准备付款时,突然发现不见了。

梁晚莺看他脸色不对,问道:"怎么了?"

男人想来想去,可能是去卫生间时被那个假装酒鬼的人摸去了。

他无奈道:"我的钱包和手机被偷了。"

"什么?!"梁晚莺问道,"是不是落在哪里了?再找找看。"

她有些着急,拍了拍他的西裤口袋。

男人捉住她的手,挑眉笑道:"往哪儿摸呢?"

梁晚莺说:"你都不着急吗?"

"偷都偷走了,着急有什么用?"谢译桥帮她拿起衣服说,"你先用你的手机把钱付了,等下我们去报案。"

"好。"梁晚莺摸手机准备付账,然后悲哀地发现,之前拍照的时候,因为衣服没有口袋,她让摄影师帮忙拿着,后来就忘记要回来了。

两人面面相觑。

现在,他们全身上下只能拼凑出零碎的几欧元,远远不够付这顿饭钱。

梁晚莺问:"那我们现在该怎么办?"

"喝霸王酒?"他丝毫不慌,还有心情开玩笑。

梁晚莺挠了挠头,面露期盼地说:"这……是不是你又玩的什么情景剧?"

谢译桥默然道:"这次真不是……"

事情突然变得棘手了起来。

在这无人认识他们的陌生国度,丢失了钱包也无法使用手机的两人……默默坐了回去。

"要不借别人的手机打个电话什么的?"

谢译桥扯了扯嘴角说:"我从来不记别人的电话号码。"

酒馆马上就要打烊了,两人还没有想出办法。

谢译桥环顾四周,锁定了那套店主放在酒馆最中央每日仔仔细细擦拭的汝窑瓷。

"你会日语吗?"

"不会……"

"那我教你两句,你等下附和我就可以了。"

"你想到什么好办法了吗?"

"等会儿你就知道了。"

谢译桥抄起筷子慢条斯理地吃了口料理,然后用一种醉醺醺的口吻大声说道:"这家老板真是暴殄天物!"

谢译桥又叽里呱啦说了一堆梁晚莺听不懂的话,可她还是用他教的那几个简单的单词附和着他。

她不知道他到底说了什么,但是老板真的放下手里的东西走了过来。

两个人不知道交谈了些什么,越说越激动,最后,老板突然用汉语跟他聊起来了。

"谢桑,我想听听你的见解,你为什么说我糟蹋了这个瓷器?你不知道我对它有多么珍惜。"

谢译桥淡淡一笑,从容道:"这个瓷器大师的作品珍贵就珍贵在他的艺术从来不是高高在上,而是有温度,有灵魂的。人间的烟火当在人间流动,而非静止。你拿它作为珍宝束之高阁固然显示了你对它的爱惜,却也让它失去鲜活,岂不是捆绑了它的生命。"

"哦?那你觉得我该怎么做呢?"

谢译桥将那个玻璃罩子拿下来,非常潇洒地取出一个酒盅倒上清酒，豪迈地饮尽此杯，高声道："好瓷器当如此，这才是它来到世间的使命！"

老板似乎被他的豪迈打动，拍了两下巴掌，赞不绝口道："不愧是最懂瓷器的中国人，谢桑，我敬你。"

他也拿起另一个酒盅，满上，两人碰杯欢饮。

梁晚莺看着两人突然开始称兄道弟，一脸蒙地站在原地。

谢译桥指着被酒水浸润过的瓷器说道："在我们中国，还有一种茶盏，你应该知道吧？"

"知道知道。"

"如果想要茶盏越来越好，就需要上好的茶叶来养。"他起身，提起那只天青色细长酒壶，"同样的道理，你看，它现在是不是更有光泽了。"

"是是是，确实如此。"

男人修长的手指抚过酒壶优雅的长颈，往自己和老板的杯子里又各倒了一杯。

"答应我，不要束缚它的生命力。"

老板用力地点头："我会好好养它的。"

谢译桥面带欣慰地点点头说道："今天与助和兄如此投缘，下次有机会再来的话，我送你一套我养好的茶盏。"

"你太客气了，谢桑，那怎么好意思呢？"

谢译桥摇摇手指："千金易得，知己难求，好的作品就该与人一同欣赏。"

梁晚莺看着老板激动地握着他的手上下摇晃如同遇到知己般赞同不已的样子，扶额叹息。

这张嘴……还是这么能说。

谢译桥在此时起身，作势要掏钱包，然后问道："时间不早了，我太太有点不舒服，我们先回去了，多少钱，结账。"

店老板连连摆手："我怎么能收谢桑的钱，今天难得遇见志趣相投的朋友，这顿算我的！"

"这怎么好意思？"

"千金易得，知己难求啊。"老板将他推出门外，"你可千万记得要再来，到时候我们讨论一下各自养的作品。"

"那就恭敬不如从命了。"谢译桥点头微笑，然后带着梁晚莺离开了。

直到走出那条小酒馆所在的小巷，梁晚莺才拍了拍胸口，长舒一口气说："天啊！我都快紧张死了。"

男人长臂一伸，揽住她的肩膀："有什么好紧张的。"

"第一次干坏事嘛……"她仰头看着他。

男人嘴里叼着一根细长的香烟，却并没点燃，眉眼间没有一丝慌张。

"不过，你会的真多，还懂瓷器呢。"

谢译桥挑眉："不懂啊。"

"那你刚刚说的那些？"

男人玩世不恭地笑道："编的。"

"那我们这样……"梁晚莺又开始纠结了，"是不是太坏了？"

男人将口中的香烟取下，挂在耳后："没关系，改天我让人从国内寄一套更好的给他，这种东西，我的库房里多的是。"

"财大气粗的谢先生。"

男人勾唇一笑，眼含深意："谢谢夸奖。"

两人打闹的背影在这条小巷中走远，一个高大英俊，一个娉婷袅袅,将灯火和影子抛在身后。

打烊的小酒馆里,山田助和抚摸着这套瓷器,还沉浸在刚刚的对话中激动不已。

"我终于明白它缺少了什么,是灵魂,是灵魂啊!"

由于谢译桥身份特殊,在德国也有产业,再加上他着重强调了自己的手机里有非常重要的商业机密,最终,警察们通力合作,手机和钱包总算是找到了。

虽然这些东西都可以补,但是会比较麻烦。

因为这件小插曲,他们多逗留了一日。

第二个地点是冰岛。

冬天的冰岛白天只有四个小时,剩下的时间全是黑夜,景点也很分散,且没有公共交通工具,所以,租车是最好的选择。

他们在雷克雅未克市中心落地,天还没有黑,办好手续以后,两人走了南线。这条线上景点较多,而且提前订好的民宿也在这条线上。

到地方的时候,已经快要天黑了。

所以两人先去了民宿。

这是个特色民宿,费用虽贵,但是在这里就可以直接看到极光,省去了到处追着跑的麻烦。

因为这里火山很多,所以大大小小的天然温泉也非常多,谢译桥带着梁晚莺去了很出名的蓝湖温泉。

进温泉之前需要先洗个澡,所以她和谢译桥短暂地分开了一会儿。

等披着浴巾出来的时候,她看到谢译桥身边站着一个金发碧眼的美女,正跟他说着什么。

谢译桥的脸上带着客气而疏离的神色,看到梁晚莺过来以后,低声说了句:"I'm sorry, my wife is here.(对不起,我的妻子在这儿。)"

说着,他就带着她离开了。

梁晚莺扬了扬眉说:"被搭讪了?"

"司空见惯。"

"哼。"

梁晚莺凭借手环去领了一点白硅泥用来做面膜。

听说这种泥富含矿物质,对皮肤很好,她觉得很新奇,自己脸上抹匀以后,让谢译桥也敷。

谢译桥倒是不在意,弯下身子任由她涂抹。

两人顶着白花花的脸凑在一起拍了张照片。

玩了一会儿,梁晚莺觉得有点饿了,而且泡温泉也不是很有意思,于是准备上岸吃饭。

可是没想到,这里的饭菜口味非常……特殊,她吃第一口就觉得难以下咽。

其中有一个当地的招牌菜——Hákarl,是将鲨鱼肉埋在沙中三到六个月,经过自然腐烂后挖出来烹饪。

梁晚莺闻着味脸都要绿了。

谢译桥一早猜到,于是带她去了钻石沙滩附近的一家店,点了一些熏鱼和龙虾。

烹饪得还可以,最关键的是虾很鲜甜。这让她的肚子稍微好受了那么一些。

他对地形如此熟悉,梁晚莺不禁问道:"你以前来过这儿吗?"

谢译桥正慢条斯理地帮她剥着虾壳:"世界上所有能去的地方,我几乎都去过。"

"那你还有时间管理公司吗?"

"要是没了我,公司就无法运转,那我不是要累死。"

"哦……"梁晚莺又问,"那你都来过了,为什么还非要再来一次?"

之前看他兴致勃勃的样子,还以为是没去过的地方,所以拉着她一起来玩。

男人将剥好的虾肉喂进她的嘴里,然后擦了下她的嘴角说:"因为我想跟你一起看尽世界的风景。"

梁晚莺心里有一点点小小的涟漪波动,看着细心的男人,突然凑过去在他脸颊上亲了一下。

谢译桥诧异,随后反应过来,嘴角挑了起来,然后将脸凑过去说:"太快了,再来一次。"

梁晚莺看了看周围的人:"哎呀,别闹了,有人在看。"

"这还是你第一次主动亲我。"

两人亲密互动时,总觉得隔壁桌好像有若有似无的视线扫过来。

她不想再在这里停留,于是和谢译桥回了住的地方。

他们住的特色民宿是专门为了看极光建造的,四面全都是玻璃,抬头就能望到美丽的夜空。

外面是白雪皑皑的冷酷仙境,而房间里温暖怡人。

两人刚刚泡了好久的温泉,也不用再洗漱了,将身上厚重的衣服脱下,换了轻便的睡衣。

谢译桥抱着梁晚莺,窝在软乎乎的床上,轻轻地抚弄着她的发丝。

"大约还有二十分钟,就能看见极光了。"

"嗯。"

两人有一搭没一搭地聊着天,谢译桥突然问道:"你为什么只在我选的这些地方里挑了不莱梅和冰岛呢?你不想去别的地方看看吗?"

梁晚莺想了想说:"不莱梅很美,我也很喜欢,你呢?"

"嗯?我怎么了?"谢译桥不明所以。

"不莱梅很童话,我一直都很想来,可是它之所以童话,是色彩赋予了极高的艺术感受,可是你根本看不到,怎么体会这些呢?"

梁晚莺起身看着他,柔顺的黑色长发从肩头垂落。

"所以,我们来冰岛,你也可以看到原汁原味没有被开发的风景,而且这里好像有很多户外冰雪运动可以玩,你不是很喜欢那些吗?"

谢译桥完全没有想过她还有这样的用意。

这种被人无微不至关怀的感觉,很美妙,男人慢慢将她抱进了怀里,半晌没有说话。

梁晚莺被他抱得太紧,有些喘不上气:"怎么了?"

"没什么,"他的声音闷闷的,像是穿过一层屏障才到达她的耳郭,"你真好,莺莺。"

"你对我也很好,我当然也要顾虑一下你的心情嘛,感情是相互的。"

此时,等待已久的极光终于开始爆发,太阳喷射出的带电粒子迅速流动形成太阳风,绚烂瑰丽的光线在流动,就像是天空的裙摆,随着太阳的运转飘浮不定。

他们在这个太阳似乎不会升起的极夜,在这个世界最孤独的地方,紧紧相拥,亲密交流。

耳边除了风声和雪声就只剩下了心脏跳动的声音。

"莺莺。"

"嗯？"

"我有没有说过我爱你？"

"说过了啊。"

"那你呢？"

女人微微低头，脸颊泛红，柔软的手臂顺着他的胸膛向上攀附。

女人低声道："我爱你，谢译桥。"

这里的夜真的好漫长，梁晚莺饱饱地睡过一觉醒来后，还是深夜。透过玻璃的穹顶仿佛伸手就能摘到明亮的星星。

她抬头看了看睁着眼睛的谢译桥："你什么时候醒的？"

"大约半个小时前吧。"

她"哦"了一声后没有再说话。

现在这种感觉很奇妙，是她之前在城市里体会不到的感受。

女人乌黑的长发散落在他的胸口，滑落时像一片柔软的羽毛轻轻扫过。

谢译桥抬手钩住她的发丝在鼻尖轻嗅："想什么呢？"

梁晚莺抬眼看了看他说："睡醒以后还是万籁俱寂的深夜，好像有一种被世界抛弃的感觉。"

在这沉寂的黑夜里，男人微合眼眸，面容柔和，含笑揉了揉她的头顶："是我们一同抛弃了世界。"

梁晚莺眨了眨眼睛："这样一说还挺浪漫的。"

外面有各种脚步和交谈的声音，是民宿其他的客人陆续起来了。

这里的隔音效果真的不太好，却是最方便看到极光的地方，所以也只能凑合一下。

"明天我们就要走了,今天想去哪里玩?"谢译桥问道。

梁晚莺本来提议去攀登冰山,或者去托宁湖滑冰,因为这些都是谢译桥喜欢的东西,可是谢译桥考虑到她不会那些东西,于是最后还是决定去钻石沙滩。

这里的沙滩跟别的地方不同,是黑色的。

岸上有很多冰川融化后的碎冰块,被阳光一照,如钻石般耀眼。这里的海浪还是很大的,所以梁晚莺不敢走得太近。摄影团队没有跟到这里来,于是谢译桥自己拿着单反给她拍照记录。

"莺莺。"

海浪将她的头发吹起,听到男人的声音,她回头望去,男人在此时定格。

"干吗偷拍我?"

她跑过来抢他手里的相机。

男人将相机举高,她根本够不到,于是蹦蹦跳跳地去抢。

"快给我!"

谢译桥扬眉笑道:"你亲我一下就给你看。"

"不要,不想亲,亲够了。"

"嗯哼?才结婚多久,你就敢说出这种话,是不是皮痒了?"

梁晚莺察觉自己好像说错话了,也不抢相机了,转头就跑。

谢译桥两步就追上了她,抓住她的手腕一把扯了回来。

"我错了,我错了。"她赶紧道歉。

男人不说话,斜睨着她:"还有呢?"

梁晚莺踮脚主动吻了吻他的脸颊:"好了吗?"

"虽然还差点意思,但是先放过你了。"

Chapter 16
思念汹涌

梁晚莺开始正式工作，谢译桥也乘飞机去了国外处理石矿的事情。

回到融洲，梁晚莺去销了假，然后给大家发了下喜糖。大家纷纷打趣恭喜了两句，跟她讨了喜糖吃后，别的也没有再多说什么。

梁晚莺很喜欢现在的氛围。

即便大家基本都知道她跟谢译桥结婚了，但是没有一个人区别对待她，所有的一切都还跟以前一样。这让她感到舒心。

施影剥开糖衣，开玩笑道："果然是被爱情滋润的女人，看看这气色，真好啊！"

"胡说什么呢？"梁晚莺又抓了一把糖，"你们要是休这么久的假，气色会比我更好。"

小金往嘴里塞了一颗巧克力，深以为然地点点头说："我们已经被加班摧残得不成样子了，我好想休假。"

"现在这么忙吗？"

"是啊，又有两个创意人离职了，这几天正招聘呢。"

正说着,程谷风风火火地走了过来,将一个文件夹递给梁晚莺说:"晚莺,你回来了,刚好,有两个来面试的,你去谈一谈,看看怎么样?"

"好。"

梁晚莺拿起两人的简历走进了会议室。

来应聘的是两个男生,学历、工作经验方面都差不多,但是其中一个叫白逸的男生,不仅脑筋转得快,关键是嘴还很甜,也很会来事,另一个性格相对木讷,但是心思很细腻。

白逸更适合客户部,但是他执意要留在创意部,梁晚莺跟程谷大致汇报了一下,也就将他留了下来。

面试完以后,她将堆积的项目分配下去,又审核了几个广告策略单,不知不觉一天就过去了。

晚上下班,谢译桥安排的司机已经照常等在路边了。

因为融洲离憩公馆实在太远了,上下班高峰期又不好打车,所以谢译桥专门安排了司机每天送她。

梁晚莺在心里默默算了算,司机的工资加上来回的油费,一个月下来……费用跟她的工资差不多了。

每次这辆车出现,都会引起这座写字楼其他公司员工的注意。

总有些人说话带点尖酸刻薄的味道,梁晚莺也不想成为话题中心,可是谢译桥最低调的车就是这辆了,于是她干脆让司机以后都在地铁口等她。

不知不觉已经过去了一周的时间,梁晚莺忙于工作,也没有时间去想关于谢译桥的事。

两个人闲下来的时候会在微信上简单聊两句,有时候也会简单通个电话,但是没说两句他很快就被叫走忙工作去了。

梁晚莺这边也要忙很多事情,因为前期她请假堆了好多的工作,她准备这几天加班给做完,不能因为自己耽误大家进度。

她正忙着写方案,电话突然响了起来。

谢译桥在落脚的酒店处理完工作后,将笔记本电脑扣上,然后拿起一旁的手机想给梁晚莺打电话。可是他接连打了好几个,那边都是忙线中。

他看了眼手机上的时间,都晚上十点钟了,这个时间,她在跟谁打电话?

谢译桥搭在沙发边沿的手指不停地敲击着扶手,最终,他将电话打给了管家。

管家那边很快就接通了。

"谢先生。"

"你去看看莺莺现在在跟谁通电话,我给她打电话一直都打不通。"

"好的,我这就去。"

很快,管家回复了他。

"先生,太太正在跟她母亲通话。"

谢译桥放下心来:"好,我知道了。"

挂断电话后,谢译桥点了一根烟,直到香烟燃尽以后才又拨通了她的电话。

这次终于通了。

梁晚莺刚刚挂断母亲的电话正准备写方案,手机又响了起来。

她拿起看了一眼,是谢译桥的视频通话。想起刚刚跟妈妈聊过的话题,她有一点点羞涩,清了清嗓子,将电话接通。

"宝贝,在干吗呢?"男人调笑的声音从听筒传来,在这寂静的深夜,如同被风吹皱的湖水,引起层层涟漪。

即便这么久了,梁晚莺听到这么腻腻的称呼还是有点羞赧。

"写方案呢。"

"这都几点了,小心眼睛受不了。"

"没办法,前段时间请太多假了,堆了很多工作,不赶紧处理完,领导要对我不满了。"

谢译桥声音压低:"是不是……也到了该备孕的时候了?"

梁晚莺把头垂下去,刚严雅云打电话过来也是说的这件事。

今年过完年谢译桥三十岁了,而她也二十七岁了,从备孕到怀孕生孩子,顺利的话差不多也要一年多的时间。

严雅云的意思是让她在三十岁之前搞定一切,省得到时候年纪大了身材不好恢复。

可是她还没想好。

笔在纸上画了几根凌乱的线条,梁晚莺小声道:"我刚刚正式工作,隔几个月就怀孕,到时候我的工作肯定保不住了,今年事情太多了,一直在请假,当初我升职的时候,老板都专门敲打过我……"

"唉——"谢译桥长叹一口气,"也不知道讨了这么个努力的老婆我是该高兴还是该忧愁,你又不缺钱,我给你的卡也是不限额的,你可以随便用,何必守着这个小公司这么卖力。"

梁晚莺鼓了下腮帮:"这可不只是钱的问题,是个人价值的问题。"

谢译桥听出她语气中的不悦,轻哄道:"好好好,我只是心疼你,怕你太累了。"

"我没事,这样我觉得很充实。"

"备孕到生还有很长一段时间,应该也不会影响你工作。"

梁晚莺想了想没再反驳:"也是。"

谢译桥的目的本不在此,这个话题更像是一个诱饵,为他接下来的目的做铺垫。

两人有一搭没一搭地说着,他起身带着手机走到了床边。

他身上是一件沐浴过后穿的浴袍,想必刚刚洗过澡,正准备睡觉。

梁晚莺问:"你要睡了吗?"

男人没说话,低声道:"这么久不见,你都不想我吗?"

"有一点点想。"

谢译桥不满道:"只有一点点?好啊,你这个没良心的女人,枉费我在这里日思夜想,夜不能寐。"

梁晚莺抿了抿嘴说:"那……你什么时候回来?"

"大概还要一周。"

"哦……"

男人幽幽地说了一句:"好想抱抱你啊。"

梁晚莺想了想,有点不好意思,但还是表达了出来:"我也是。"

可是隔着这么远的距离,也没有什么办法。

"我先去洗澡了。"梁晚莺起身去了卫生间。

当她从浴室热气腾腾地出来以后,和谢译桥的视频电话还连通着。

他靠在床头,手里拿着一本书随意地翻阅着。

不甚明亮的床头灯将他的身体分割出明暗不一的色块。

梁晚莺出来时,只发出了一点轻微的响动,但是谢译桥一下就察觉到了。

男人转过头,视线掠过她的身体。

"洗好了?"

"嗯……"梁晚莺被他看得有点不自在,"你在看什么?"

谢译桥翻转过来，看了看封皮，笑着说道："这家酒店的特色，自带图书馆，所以闲来无事随便拿了一本翻翻。"

男人说完低声念了一段英文原版的词句。

"我爱你，因为你为我绽开。"

他将书丢到一边，对着镜头，用一种充满诱惑力的声线说道："莺莺，过来，让我看看你。"

梁晚莺又加班加点地忙了四五天，终于把手里的工作做得差不多了。

这两天跟谢译桥也只简单地通了一个电话。

晚上，她睡得迷迷糊糊的时候，突然感觉一只手触摸着她的身体。

随后，她被揽进一个带着水汽的拥抱。

不甚清醒的女人下意识地向他怀里拱了拱，一分钟后，突然惊醒。

她转过身，借着昏暗的夜灯，看到了男人那张带着笑意的脸。

"你回来了啊。"

"吵醒你了？"

她拿起手机看了眼时间，已经深夜十一点了。

"你怎么这么晚赶回来？"

男人长臂一伸，将她嵌进怀中："太想你了，所以连夜赶回来了。"

他的身上带着沐浴后清新的气味，她躺在他怀里，像是置身于一片旷野之中。

他本来是不想吵醒她，但是她醒来，这个拥抱也逐渐变了味儿。

夜色漫长。

今天下班的时候，谢译桥有空过来接梁晚莺，上车以后，他侧身帮她系好安全带。

"今晚想吃什么？"

"没什么想吃的。"

"我听管家说你最近胃口好像不是很好？"

"嗯，可能是有点消化不良，所以没什么胃口。"

"那明天我让医生来给你看看。"

"哎哟，哪有那么娇贵，一点点小事就要看医生。"

到了家里，梁晚莺看着一桌精致的饭菜还是没什么胃口，倒是桌子上有盘开胃爽口的酸辣鸡胗吃着还不错。

她就只夹了那一道菜，然后喝了小半碗白粥。

谢译桥看她就吃了那么一点点，蹙了蹙眉心。

晚上睡觉的时候，他摸着她的小腹，觉得越发平坦了。

"你最近怎么吃这么少？感觉好像瘦了些。"

"瘦不好吗？"

谢译桥煞有介事地说道："现在的女生都一味追求瘦，其实女性的美——"男人顿了顿，用手指在她小腹摩挲了一下，"要丰富得多。"

"哦？"

他的手像是艺术家的画笔，在她的腹部描摹："小腹的弧度，有点肉会更迷人。"

梁晚莺改方案的时候，施影突然捂着小腹跑过来问道："有没有卫生巾，借我一片。"

她的抽屉里时常备着一包，就是防止月经突袭。

她拉开右手边的抽屉,拿出一片卫生巾给施影。

她突然想起,自己上个月好像还没来,已经过去半个月了。

联想到最近吃饭也没有什么胃口,隐隐有反胃的感觉……

心脏突突地跳了两下,她也看不进电脑屏幕上面的字迹了。

中午吃饭的时候,她下楼去药店买了一根验孕棒,然后跑到卫生间去验。

在等待的时间里,她紧张到想要呕吐。

那次两个人小别重逢过于激动……虽然她也同意了,但是没想到一下子就中标了。

梁晚莺坐在马桶上,看着那根验孕棒上的两条红线,一时间心情非常复杂。

她脑子里乱哄哄的,说不上具体是什么感受。

喜悦、担忧、焦虑、新奇,各种情绪在她脑子里交织,蔓延到胃里,她忍不住干呕了两声。

擦了下嘴巴,她将那根验孕棒拍了个照片发给了谢译桥。

谢译桥正在召开董事会,因为某个项目的事僵持不下。

空气凝滞,带着难以忍受的沉闷。

谢译桥的手机响了一声,他点开看了一眼。

他脸上的神情有了微妙的变化。

严肃的气氛被打破,男人放下手机,对在座的所有人说道:"今天先到此为止吧,明天再讨论。"

大家都松了口气,不免开始揣测他收到了什么好消息。

谢译桥走到办公室,拿起自己的外套,将桌上的笔记本扣下去,直奔融洲,然后拉着梁晚莺去了预约好的私立医院做了全方位的检查。

化验单出来，两人得到了确切的答案。

谢译桥激动得将她抱起来转了两圈。

"哎哎哎，快把我放下来，这么多人看着呢！"

"莺莺，你不知道我有多高兴。"

"是个人都能看出来……"

谢译桥脸上的笑容没有消失过，立刻着手安排了最专业的生育一条龙服务。

可是梁晚莺最担忧的还是自己的工作。

不过想到目前的身体状况，她可以工作到孕晚期的时候，再休产假，应该不会有什么影响。

晚上。

谢译桥轻轻地抱着她，耳朵贴近她的肚皮，面露兴奋："这里真的有了我们的宝宝吗？"

梁晚莺无奈道："报告单不是都出来了吗？"

"你说，会是男孩还是女孩呢？"

梁晚莺摇了摇头："我也不知道，你想要男孩还是女孩？"

"我倒是无所谓，不过……"谢译桥的情绪突然变得低落，"我听说爸爸是色盲妈妈是正常，这种情况下，生出的女孩很容易遗传爸爸的色盲基因。如果真的是这样的话……她将来会不会怨我。"

梁晚莺抬手捋了下他的头发："你呢？你怨恨过你的父母把你带到这个世界吗？"

"那倒没有。"

"那不就行了。我们来到这个世界，除了看美丽的风景，还可以听动人的音乐，也可以闻闻花香，尝尝美味，虽然总有不尽如人意之处，但是还有更多值得走一遭的事情。"

谢译桥起身，轻轻点了点她的小腹，自言自语道："宝宝，除了基因缺陷，爸爸什么都可以给你。万一你真的中招了，千万别怪爸爸。"

梁晚莺看着他笑了笑，说："你怎么当了爸爸反而变得幼稚了。"

谢译桥迫不及待地把这个好消息昭告了天下。

他得意扬扬地在朋友圈晒出了检验报告。

沈之崇：【可以啊，你还挺快啊，这才结婚几个月就要当爹了。】

谢译桥：【半年了，不算快了。】

周则序：【你第一个结婚就算了，现在连孩子都有了，我要当干爹。】

谢译桥：【想当爹自己去生，别来沾边。】

席荣则虚心求教道：【你是怎么说服她给你生孩子的？】

谢译桥回复：【我们是合法夫妻，生孩子不是天经地义的事情吗？】

席荣面露难色，然后打字：【那你怎么说服她跟你结婚的？】

谢译桥说：【我们相爱自然而然就结了。】

相爱，这个词又给了席荣狠狠一击。

当晚，他就抱着简诗灵："宝贝，给我生个孩子吧。"

简诗灵踹了他一脚："你今天抽什么风？"

"你不想给我生孩子吗？"

"不想啊。"

"那……我们要是结婚了呢？你愿不愿意跟我生孩子？"

简诗灵瞥了他一眼说："咱俩怎么可能结婚？当初不是说好了吗？我不能动心。放心吧，你不用试探我。"

席荣终于认清了,她根本不爱他,也不想嫁给他。

"你的好姐妹都怀孕要生孩子了,你不为自己的将来打算一下吗?"

"什么?莺莺怀孕了?"简诗灵震惊之余用力捶了一下枕头,"这个谢译桥。"

席荣听得十分无语。

"女人生孩子很辛苦,我要去安慰安慰她。"

怀孕确实很辛苦。

初期梁晚莺像没事人一样,还在暗自庆幸,即便怀孕了也不影响什么。

可是就在某一天中午,谢译桥来给她送饭时有一道清蒸鱼,她打开以后闻到那股鱼腥味,突然就开始反胃,然后开始了漫长的孕吐。

孕期的呕吐对她的工作造成了不小的影响。

上午,她本来要去和一个重要客户对接,资料什么的都整理好了,可是她突然反胃,慌忙跑去了卫生间。为了不让客户久等,最后只能交给别人去接洽。

可是这件事从头到尾都是她在负责,突然换人不仅是客户感受不好,更是给其他同事增加了工作量。

程谷慢慢地对此也颇有微词。

生理条件注定了女人要更吃力。

因为需要肩负起生育的责任。即便她现在有很优渥的条件,可以有一个很好的生育环境,都觉得很难两全。可是,不管梁晚莺怎么努力,她还是拖了整个团队的后腿。

她作为一个创意总监,连自己的本职工作有时候都需要别人帮忙，更别提督导下面的人了。

程谷的不满已经非常明显了，况且她这才是怀孕初期，后面还有更多的事情。

梁晚莺感觉压力倍增，而且前段时间胃口一直不好，她的身体好像也有了一点点小问题，最好安心养胎。

最终，她思前想后，还是决定辞去工作。

谢译桥对她的这个决定表示高兴。

"你以后就安心养胎，工作的事以后再说。"

家里有专门的营养师和家庭医生照顾她。

慢慢月份大了以后，她也不能到处跑，于是只能待在家里。

梁晚莺第一次这样闲下来。

本想给自己找点事情做，可是她既不爱逛商场，也不是特别喜欢购物，本想画画打发时间，可是医生建议她尽量不要，担心那些铅之类的物质超标影响到胎儿。

所以，梁晚莺生活的重心现在全堆在了谢译桥身上。

她每天就是吃吃喝喝，摆弄一下花草，然后等谢译桥回家。

可是他的工作也比较忙，并不能时常回来陪她。

早期她身体有点问题的时候，他推了很多社交和工作，后期稳定以后就恢复正常了。

可是，梁晚莺心里的焦虑感越来越重。她也不知道自己这种负面的情绪是哪里来的。

本想找朋友聊一聊，可是简诗灵拍戏很忙，时常要去没有信号的地方。

辞职以后，她跟小影他们渐渐也说不上话了。大家都有自己的事情要忙，只有她一个闲人。

可是，如果去找严雅云的话，又要被唠叨了。本身当初她就不是特别看好他。

所以，她现在每天的生活都是在等谢译桥下班。

梁晚莺总觉得，自从她辞职在家以后，谢译桥有一种非常放心松弛的感觉，也没有以前那种紧张的态度了。

他已经不是很着急回家，经常到半夜十一二点，偶尔会带着一身酒气。

这似乎就是他以前的生活方式。

这种感觉很微妙，她不能指责他什么，但是不舒服的感觉又确确实实存在。

她也不能仗着自己怀孕就要求他连工作都不做，任何社交都不允许有。

可是……

不能再想下去了，她强行打断了自己的思绪。

憩公馆这么大，有好多地方都是她没有去过的。

直到怀孕以后，她实在无事可做，于是每天逛逛，倒也看遍了各个角落的风景。

最后，梁晚莺走进地下室的图书馆，想找两本书来打发时间。可是看着看着，困意又来了。

她将书盖在胸前，就那么一眯直接睡了过去。

等她被人叫醒的时候，已经是晚上八点了，身上还多了条毛毯。

她问道："先生还没回来吗？"

管家回道："谢先生刚刚打电话回来，说今晚不必准备他的晚饭了。"

"他有说在忙什么吗？"

"没有。"

梁晚莺慢慢坐下去，抿了下唇。面前丰盛的晚饭，她却觉得食不下咽。谢译桥最近越来越忙了，哪怕是以前，他去国外出差，都要争分夺秒地赶回来。

可是现在，她跟他在同一个城市，她却不知道他每天都在忙什么。

几次深夜回来，他都倒头就睡。哪怕是她问起来，他也不肯说，敷衍着就过去了。

梁晚莺每天都在揣摩他的心思，他的一点点态度变化都能引起她心里一场海啸。

她觉得自己这样不对，可是她又控制不住。

这种快要失去自我的感觉令她恐惧。

她不想让自己所有的身心都围绕一个男人来转。

梁晚莺去报了一些插花和孕妇瑜伽之类的课程，想让自己的生活充实一些。

可是那些负面情绪还是操控着她。

谢译桥也察觉到了她的不对劲之处，于是又安排了一位专业的心理医生来陪伴她。

经过简单的交流和诊断，医生说她这是典型的产前抑郁。

受激素、环境、内分泌各种方面的影响，一般人都是产后抑郁的多一些，但像她这种情况也是有的。

可是怀着孕很多药不能吃，只能想办法用外力开解。

梁晚莺努力让自己积极向上一点，她绕着花园散完步以后，拿起手机随便翻了几下，然后瞬间定住了。

她看到了一条自媒体发的图文消息，引起了很大的讨论度。

八卦的主人公就是谢译桥。

他在灯光昏暗的夜店,身边有一个穿着红裙的女人,两人状态亲昵,不知道在耳语什么。

梁晚莺知道这个女人——白唯。

那个简诗灵口中,曾经和他差点有过关系的女人。

这张照片好像是蹲拍白唯的狗仔拍到的,在发出去不到半个小时的时间,就迅速上了热搜。

光鲜英俊的男人,妩媚风情的女人,他们两个站在一起,美得像一幅画。

而她……梁晚莺低头看了看自己怀孕以后,高高隆起的腹部。

强烈的窒息感席卷了她。

可是,窒息感过后,她居然有一种意料之中的感觉。

梁晚莺坐在客厅里,没有开灯,在这片沉寂的黑暗中,等了很久。

她等了他半个晚上,本来是想质问他。

可是他一直没有回来。随后,她的情绪平复,她又开始庆幸。

还好没有那么快回来,不然她可能会像个歇斯底里的泼妇,然后爆发一场令人面目全非的争吵。

这会让她更加难受。

到了深夜,谢译桥回来的时候,带着一身酒气。

梁晚莺还没有睡着。

他似乎是怕吵醒她,于是拿了浴袍去隔壁洗澡。

等他上床去抱她的时候,还是隐约能嗅到那股淡淡的酒味。

她突然有些抗拒他的怀抱。

她的身体僵硬,向里拱了拱,脱离了他的怀抱。

"莺莺,你还没睡?"

她没有说话,将头往下埋了埋。

"怎么了？"

"没什么……睡吧。"

谢译桥听出她的声音不对，去扒拉她的肩膀，可是她硬挺着身子就是不肯转过来。

男人起身将床头灯打开。

女人脸上的泪痕在灯光下瞬间暴露无遗。

"你怎么了？"谢译桥急了，"怎么哭得这么伤心？"

梁晚莺也不知道该怎么开口，她现在敏感得一点风吹草动都会让她感到难过。

可是说出口又会显得很矫情。

她闭着嘴不肯说话，谢译桥一着急语气也不是那么好了。

"你说话啊！到底怎么了？"

虽然怀着孕，但是她的身体除了肚子，脸、四肢都瘦了不少。

她起身，语气焦灼中带着茫然："我也不知道我怎么了，每天大脑都在散布一些非常负面的东西，我努力克制了，但是我控制不了。自从我怀孕以后，我觉得一切好像都变了，我变得不像自己了。

"我不想成为一个饱食终日、无所事事、每天守在家里等待丈夫回来的女人，可是我又没有办法。因为我怀孕了，我要照顾孩子，我这也不能做，那也不能做，每天唯一可以做的就是吃吃喝喝睡睡，然后等你回家。你不回来的日子里，我又会在想你每天到底在忙什么？是跟谁在一起？每天各种各样的想法塞满了我的大脑，我却没有办法理清楚。"

谢译桥道："这样不好吗？我一直都觉得你似乎并不像我爱你那样爱我。"

"可是我感觉要失去自我了，你能明白这种感觉吗？"

"全身心地爱我有什么不对吗?为什么你会觉得爱我就是失去了自我?我给了你这么多东西,这里的一切都是你的。换作任何一个女人,都会高兴得不得了,你到底在不满什么?"

梁晚莺突然哑了声音,她的唇颤抖着。片刻后,她急促地呼吸了两个来回,将泪意逼退才开口道:"谢译桥,我嫁给你是为了这些吗?"

"那你还要我怎么做呢?"谢译桥似乎感觉非常疲累,"莺莺,你太倔强了。"

梁晚莺闭上了嘴。

是啊,她这番话说出去,会被所有人嘲笑太过矫情。可是她真的很难受,她甚至没有勇气去质问谢译桥今天热搜的事情。

他最近奇怪的行踪,敷衍的回答。她甚至都不知道是自己的抑郁症作祟还是他真的有了变化。

如果是后者,她是绝对难以忍受的。

她可以容忍两人因为相处时间久而激情褪成温情,可以从那炽热的爱变成细水长流的陪伴。

但是她没办法忍受这种……仿佛被忽视被厌倦的感觉。

梁晚莺看着他走向客厅的背影,瞬间泪如雨下。

在沙发上窝了一晚上的谢译桥一大早就去询问了家庭医生,得知她有中度的产前抑郁后,焦躁地抹了把脸。

"我为了让她安心,能给的都给了,她为什么还会抑郁?"

医生说:"首先,这是身体原因,激素内分泌之类的变化产生的影响,孕妇的情绪会比平时更加纤细敏感;其次,就是因为这是你给的,不是她自己获得的,这种感觉是不一样的,说白了,她一直没有安全感。

"我跟她聊天的时候,她经常会提到你以前的事情。谢先生,你是一个很受女人欢迎的人,就算你可以拒绝外来的诱惑,但是依然会让人很不放心。而且一个独立的女人突然因为怀孕变成一个事事需要依靠别人生活的人,这种落差会让她感到惶恐的。她看起来温温柔柔的,实际上骨子里要强得很。"

谢译桥低头不语。

是啊,当初他被她理智清醒的品质吸引,现在为什么又嫌她太过独立、倔强了呢?

她一直都是那种不肯轻易接受馈赠的人,如今却让她当一个被人养着的菟丝花。

医生看到他苦恼的神情,又说道:"对了,最近的热搜您看到了吗?"

"什么热搜?"

医生将手机递过去:"这个……大人好像看到了。"

谢译桥看到内容以后,脸瞬间黑了下来。

梁晚莺还没有起床,昨晚两人闹得不是很愉快,她现在睡得正熟。谢译桥让管家照顾好梁晚莺,然后换了衣服直接杀去了白唯所在的经纪公司。

白唯最近曝光不够,于是又拿出以前的旧照片开始炒热度。

毕竟,谢译桥的名头比其他人更好用。

然后等热度发酵够了,她再来个反转,假模假样地澄清说都是过去的事了,请大家多关注最近的新作品。

白唯正在化妆间补妆,外面乱糟糟的。她刚准备问什么事,就看到谢译桥推开众人走了进来。

英俊高大的男人浑身散发着低气压,薄唇紧抿,眼里似乎滚动着上古冰川的雪水，只一眼就将她冻在了原地。

她以前见他的时候，从来都是一副绅士温柔的模样，还从来没见过他这般冷峻的样子。

她有些惊慌，不知道是怎么回事。

"啪"的一声，一部黑色的手机丢在了她的面前，亮起的屏幕上正是昨天放出去的那则新闻。

"以前，你们拿我炒作，我觉得无所谓，所以都随你们去了。以后，但凡我看到网上有这种捏造的虚假新闻，你们最好掂量一下能不能承担得起后果。"

经纪人赶紧上来安抚他说："我们也不知道这是谁散布的消息，谢先生，您先别生气，咱们好好商量。"

谢译桥冷笑一声："不知道？"

他迈开长腿两步走到白唯面前，一把抓住了她的头发。

男人修长白皙的手指插进她乌黑的发丝，然后将她的头抬起。

白唯的头皮生痛，尖叫出声："我错了，你以前都不介意，所以我想着没事就拿来炒热度了，我真的知道错了！我以后再也不敢了！"

"你也知道是以前？"

旁边的经纪人赶紧过来劝架，被谢译桥一把推开。

"我从来没有对女人这么粗鲁过，但是如果明天的头条，我要是看不到你的道歉声明和解释，我保证，今后你的演艺生涯包括你的人生，都会是一片黑暗。"

他松手，声音像是极地的冻土，坚硬而冰冷。

"还有，我的太太如果因此出了任何问题，我一定让你们整个公司的人都追悔莫及！"

简诗灵在一旁看热闹，本来还想偷偷拍个视频，但是被经纪人制止了。

看着白唯连滚带爬跑出去的样子，她心里简直爽翻了。毕竟，白唯跟她一直不对付，敌人有难，她必须要点赞。

解决掉这桩事，谢译桥在回家之前，去了本市最大的一个商场。

本想要买点礼物哄梁晚莺开心，可是他挑了好久，实在是不知道买些什么。

越简单的人，反而越难讨好。

他回到家的时候，梁晚莺正坐在沙发上看着窗外的景色发呆。

漫长的雨季到来了，最近这些天，一直下着连绵不断的小雨，让人烦心。

听到脚步声，她转过头来。

男人带着一身水汽，手上还拎着一个精致的纸袋。

她的脸上没有一丝多余的情绪，只是淡淡地看了一眼就又转了回去。

"莺莺，我给你买了点礼物。"他掏出一款最新的背包，"你看看喜不喜欢？"

谢译桥递过来，梁晚莺起身，一把推开了他的手。

"谢译桥，你是不是觉得我们之间出了问题，买点昂贵的东西哄一哄就行了？以前我就不喜欢，现在我更不会喜欢。"

"为什么你总是不愿意接受我的东西呢？从一开始认识到现在，我每次送你的东西都会被你拒绝。我不知道还能做什么，你似乎除了画画和工作，什么都不喜欢，你还要我怎么办？"

"我就是不喜欢你拿这些物质上的东西敷衍我。"

"莺莺，这些金钱和物质也构成了我和我的处事风格、行为方式，而且这只是我的心意而已,我不明白你为什么要这么抵触?"

"我只想知道你最近到底在忙什么?"

谢译桥张了张嘴,最后还是没有说。

"莺莺,我很累,等事情解决完以后我再告诉你,我们不要闹了。"

所有的一切,都是她的无理取闹。

梁晚莺后退一步,笑了笑。

"解决?解决外面的那些女人吗?我早该知道的,你本来就不是那种长情的人,我以为你变了,但是一个人的本性何其难改,是我太天真了。"

"你为什么总是要这样恶意地揣测我呢?"谢译桥有些恼怒。

"因为你表现出来的就是这样感觉。"梁晚莺失望地说,"可能我妈说的是对的,你确实不是一个适合走进婚姻的人。"

"所以,你现在后悔嫁给我了吗?"

梁晚莺看着他,没有说话。

两个人像是针尖对麦芒一样,明明仅仅只有一步的距离,却遥远得像是隔着冰冷银河。

不能再说下去了,再说下去就要伤感情了。

谢译桥软下口气,想上去搀扶她,却被她甩开了手,然后头也不回地往外走去。

"你要去哪里?"

"不要你管。"

"你在家好好待着,你要是不想看见我,我走还不行吗?"

梁晚莺看着男人冷漠的背影,眼眶中又泛起泪意。她开始思考自己这段婚姻是不是太草率太冲动了。

心理医生来宽慰她,等她的情绪好一些后,温和地问道:"你为什么那么抵触他给你送礼物呢？"

梁晚莺不知道，她自己都没有深想过，也或许知道，但是不愿意深想。她蓦地想起之前两人第一次决裂时听到的席荣说的话。

"女人嘛，都一样的，哄一哄，说点好听的，送点礼物，再表达一下你有多爱她，都能搞定。"

这可能就是她内心深处一直都不愿意正视的原因。而且作为一个艺术家，她骨子里是有些清高的。这种原因让她难以启齿，似乎很别扭也显得有些矫情，但她总是忍不住翻来覆去地想。

谢译桥走后就再也没有回来，晚上的时候发了个短信告诉她自己要出两天差，没有等到回复，便再也没了动静。

短短几个月的时间，两人的矛盾就激化到了这样不可调和的地步。

谢译桥回来的时候并没有在家里看到梁晚莺。

风尘仆仆的男人将外套脱下递给管家，问道："莺莺最近吃饭睡觉还好吗？"

管家说："太太回娘家了。"

"什么时候的事？"

"昨天刚走。"

谢译桥长叹一口气，坐到沙发上，捏了捏眉心。

梁晚莺并没有跟严雅云说两个人之间的事，但还是被一眼就看出来了。

严雅云心疼地说道："怎么怀个孕，看你还瘦了些呢？"

"孕吐严重，吃不下。"

"你有没有想吃的，我给你做。"

梁晚莺想了想说:"想吃你包的荠菜馄饨。"

"那我去买点馄饨皮。"

"我跟你一起去。"

"就几步路,你还是在家歇着吧,菜市场人那么多。"

"好吧。"

严雅云很快回来了。

梁晚莺看着在厨房忙碌的母亲,走过去,从身后抱住了她。

"妈,我好想你啊。"

严雅云拍了拍她的手说:"唉,时间过得好快,我的女儿都要当妈妈了。你爸要是知道,不知道会有多高兴。"

"嗯。"

做好以后,梁晚莺捧着热气腾腾的碗深深嗅了一口:"好香啊!"

"快吃吧。"

"妈你怎么不吃?"

"我都吃过了,不看看几点了。"

两人都没有再说话,饭桌上只有她小声喝汤的声音。

等她吃到最后一口准备放下碗筷的时候,严雅云小心地问:"莺莺啊,你是不是跟小谢吵架了?"

梁晚莺下意识地想要否认,可是又觉得事实如此明显,找借口也太过牵强。

看她不说话,严雅云劝解道:"小两口嘛,在一起生活总要闹矛盾的,好好聊一聊,看看是不是有什么误会?你性子那么倔,有时候也要软和一点,别闹得人下不来台。"

就知道回来就要被唠叨。

梁晚莺放下碗筷说:"妈,我有点困了,想睡觉。"

"好好好，你去你去，我收拾一下厨房。"

梁晚莺回到房间却并不困，但是在自己家里她似乎没有那么憋屈了。手机突然响起，她以为是谢译桥打来的，没想到是简诗灵。

"莺莺，莺莺。"刚一接通，她就像一只叽叽喳喳的百灵鸟一样，迫不及待地跟她分享消息。

"诗灵，好久不见。"

"嗯嗯，我前段时间去山里拍戏取景，都没信号，但是我前天不是刚回来嘛，你知道我在公司看到了什么好戏？"

"什么？"

"最近的热搜你看了吗？"

"没有。"因为谢译桥和白唯的那件事让她难受，她已经好几天没怎么看手机了。

"白唯完蛋了，哈哈哈，她现在被所有人群嘲，资源降级，我太爽了！"

"怎么回事？"

"她发了道歉声明，承认是自己单方面拿谢译桥炒作。"

"哦……"

"你怎么好像不高兴？这些都是误会，你不要不开心了。"

"是谢译桥让你来跟我解释的吗？"

简诗灵摸了摸鼻子说："主要确实是个误会，我也比较担心你嘛。你不知道那天谢译桥杀到我们公司的时候那个样子，把我们都吓坏了。"

"就算这次是个误会，但是……"梁晚莺垂下眼睫，"我觉得他好像变了，我也不知道，或许他以前就是那个样子，只是装得太好，现在结了婚有了孩子就原形毕露了。"

"你们两个到底怎么了?"

梁晚莺总算是找到人说话了,于是将最近谢译桥的变化仔仔细细说给了简诗灵听。

"我也不知道是不是我多想了……反正就是这样。"

简诗灵想了想说:"我也不是很清楚……但我见他和席荣最近确实在酒桌上忙活,见各种传媒大佬。席荣还好,谢译桥有几次喝得跟很厉害,不知道在搞什么。"

"嗯?你怎么见到的?"

"席荣不带我去,但是我偷偷跟踪他碰到过一次。"

梁晚莺心里沉了一下。

两人正说着话,外面一辆黑色的车在门口停下。

在厨房洗碗的严雅云看着谢译桥这么快就来了,心里还是有点满意。

"妈,莺莺是不是回来了?"

"可不,她前脚刚到,你后脚就来了,你们两个是不是闹矛盾了?"

"是我不好,惹她生气了。"

"年轻人闹矛盾正常,但是孕妇都爱胡思乱想,你要多担待着点知道吗?"

"嗯,我明白。"

严雅云看他态度不错,将他领进了屋里。她指了指卧室:"那个是她以前的房间,快去吧。"

谢译桥推门进去,梁晚莺躺在床上直接拿被子蒙住了脸背过身。

男人坐到床边,扯了扯被子,轻声道:"莺莺,别闷到自己。"

"不要你管。"

"我错了,我这几天说话语气不好,对你态度也不好,是我不对,你别生气了好吗?"

梁晚莺还是没说话。

"我真的知道错了,宝贝,有时候太累了,话赶话就到嘴边了。你要是生气,就打我两下。"

他扯着她的手往自己脸上拍,梁晚莺猛地缩回来:"你干吗啊!"

"让你出出气。"

梁晚莺说:"那我再问你最后一次,你最近到底在忙什么?"

谢译桥本不想说,但是思索再三,觉得没办法再隐瞒了。

"事情已经处理得差不多了,你听了不要激动好吗?"

"嗯,你说。"

原来,谢译桥在她之前待的那个村子里投的项目出了严重的问题。

接连几日的暴雨,山石滚落,泥石流冲垮了村庄。

山脚下的几户村民家受灾严重,直接被掩埋了,几乎没有生还可能。

包括学校的那些孩子,也被殃及,但万幸的是,因为学校地势比较高,已经都救了回来。

但是陈医生失踪了。

事发时不知道他是不是去哪里出诊了,现在都没有找到。

而且谢译桥投资的建设全部功亏一篑,甚至还被有心之人拿出来想要在舆论上做点什么手脚。

这件事本就是天灾,可是因为 MAZE 开采矿石这件事引来了很多竞争对手的眼热,试图将这次灾害的原因转嫁到他们身上,然后给

MAZE来个痛击。

谢译桥死死地压着舆论，绝不能发酵出去，不然这对公司来说，将又是一次致命性的打击。

还好，因为山里信号都不通，所以并没有引起特别大的反响。

但是突然有一天，有个清晰的视频经过恶意剪辑，将山石滑坡和MAZE的开采剪辑到一起发布了出去。

是胡宾。

他离职以后居然去了创色，并且一直在村子里暗中观察，抓到把柄以后，就捅了出去，还好MAZE的公关部嗅觉敏锐，暂时压了下来。

可是既然有人想要动手脚，那么迟早是捂不住的。谢译桥即便能力再大，也做不到一手遮天。

席荣虽然掌握着很多家的媒体资源，但是传媒巨头不止他一家，也有很多顾不到的地方。

谢译桥忙着应酬，也是为了捂嘴。

他直接搞定这些媒体的最高层，就算以后爆发了舆论战争，那么最起码风向是可以由他把控的。

所以他最近一直在交际应酬，跟这些人搞好关系。

这些乱糟糟的事他并不想她担忧烦心，因为无论是MAZE出事还是村子出事，她知道了肯定要着急。他想着最近她身体不好，忧思过重，一着急再动了胎气就更不好了。

所以，他一直两头辛苦地来回跑，每天还要假装没事的样子。

"那……陈医生找到了吗？"

"还没有，但是听一个村民说，他那天出去采购了，不在村子里，所以，可能会没事。等有了消息，我第一时间告诉你。"

"嗯。"

梁晚莺低着头,半晌没有再说话。

随后,有温热的泪珠滴在他的手腕,像是被滚烫的热油溅到。

谢译桥瞬间急了:"我就怕你这样,所以才不想告诉你。你放心吧,我这边已经差不多都搞定了,受灾民众也安排好了,采矿虽然中断,但是后续……"

梁晚莺飞快地摇了摇头:"不是……不是这个……"

"那你怎么又哭了?白唯那件事我也很无辜,我已经警告过她了,本来想直接拉她来跟你解释,又怕你情绪激动,所以只好借简诗灵的嘴来告诉你。"

"也不是……"

谢译桥捧起她的脸,用指腹拭去她脸上淌着的泪水:"那到底怎么了?"

"对不起,我该相信你的。你这么辛苦,我还给你找麻烦,前几天说了很难听的话,我不是故意的。"

男人松了一口气:"是我不好,让你烦心了。"

"我有时候确实很容易钻牛角尖,但是你可以告诉我,我比你想象中的要坚强得多。"

他挑了挑眉,用指腹沾了一滴眼泪拿给她看:"确实很坚强。"

"……讨厌。"

男人笑着将她揽进怀里:"好好好,是我小看我们家莺莺了。"

梁晚莺哭了片刻就止住了泪。

她抬头望向他说道:"我们以后不要这样了,你有什么话就说出来,不要顾虑太多,让我猜来猜去的。"

"嗯。"

吵架太伤感情了,人在冲动上头的时候,总是不吝于用最恶毒的语言来激怒对方。

即便她和谢译桥没有闹到那一步,但她还是很伤心,替自己伤心,也为自己的口不择言伤害到他感到伤心。

"我也不知道自己怎么了,以前工作的时候,我是没工夫整天想你在干什么的,现在闲下来,每天都很难过,你不在的时候难过,你在的时候也难过。"

"等这段时间忙完,我好好陪陪你。"

梁晚莺嘟了嘟嘴说:"你是该陪陪我,最近这个小家伙每天都在我肚子里捣乱,我整晚都睡不着,我的腿也开始浮肿了,肚子上还长了几条难看的纹……你什么都不知道。"

她越说越伤心,又开始哽咽。

"我现在好爱哭,我也不知道怎么了,就是很脆弱,不喜欢这样的自己。"

谢译桥吻了吻她的眼睛,哄孩子一样:"是我不好,都怪我惹你生气,气不过你就打我。"

"算了,我也有不对的地方,扯平了。"

严雅云看着小两口和好,欣慰地点了点头。

梁晚莺本来不想走,但是她现在怀孕不方便,家里的用人照顾得更周到。

上车以后,梁晚莺又看到那个包。

谢译桥说:"打开看看。"

梁晚莺翻出来一看,才发现里面还装了很多给她解闷儿的小玩具。

"你在家无聊的时候,可以玩这些解压玩具打发一下时间,还有一些益智类的,一天玩一个,可以玩到生。等你玩熟了,以后还可以教孩子玩。"

梁晚莺拿起一个捏捏乐,想到自己昨天因为这个包对他说的话,又有点愧疚了。

男人顺了顺她的头发,拿起一个国王的玩偶戴在手上,粗声粗气地说道:"美丽的小夜莺,你为什么不开心?"

梁晚莺撇撇嘴:"我现在都变得不好看了。"

男人捏了捏她的鼻子:"胡说,我的莺莺最好看了。"

谢译桥又忙活了一周的时间,每天还是半夜回来。

但是现在梁晚莺心里踏实多了。

谢译桥每天早上走的时候都会例行询问一下心理医生梁晚莺最近的情况。

心理医生说:"肉眼可见地开心多了,虽然情绪还是时有反复,但是比之前好很多,你要多关心关心她,两个人多多沟通交流。"

谢译桥点点头。

"还有就是,"心理医生说道,"之前听你们吵架的时候总是说起以前的矛盾,为什么会翻旧账呢?其实是因为有些事没有得到合理的解决与安抚,所以,虽然时间过去了,但刺还在,然后每次有冲突就都会被拎出来。"

谢译桥若有所思。

梁晚莺睡得迷迷糊糊的,感觉额头被吻了一下。

她睁眼,看到男人西装革履,烟灰色的布料熨帖笔挺,皮鞋擦得锃亮,头发被仔细打理过,一丝不乱。

在一起这么久了,看到他这副英俊帅气的模样,她还是忍不住会心跳加速。

看到她醒来，男人笑着说道："吵醒你了？"

"你又要走了……"梁晚莺伸了个懒腰，有点不高兴，"你什么时候能忙完啊？"

"快了，已经在收尾了。"

男人靠坐在床头，梁晚莺靠在他的胸口。

她发丝柔软，有几根调皮地钻进了他衬衣的领口。

男人用手指勾出来，然后抚摸了一下她的头发说："难得见你这么黏人的样子，我都不舍得走了。"

梁晚莺在他怀里拱了拱："你走了我又要一个人在家了。"

"你昨天的那个拼图拼完了吗？"

"没有，我不想拼了，太难了！"

"那个鸳鸯扣呢？"

"我弄不出来……"梁晚莺郁闷地说，"你买的好多我都弄不出来。"

"那你玩那些解压的。"

"嗯……"梁晚莺垂下头。

"那我去工作了。"谢译桥起身，整理了一下衣服下摆准备离开。

今天还有两件重要的事情要收尾，他也想赶紧处理完以后好专心陪她。

"哦……"

谢译桥往外走了两步，又回头看了看。

肚子里怀着宝宝的小女人坐在床上，就那样可怜巴巴地看着他，一副想留他又似乎觉得不能不懂事开不了口的样子，看得他心都要化了。

之前除了关于她父亲的那件事，她在他面前一直都是很坚强独立的样子,很少表现出这副依赖的模样,让他真的是又怜又爱。

男人停住脚步,长叹一口气,转身,一边走一边将腕表和领带摘下来丢到桌子上,又坐了回来。

"算了,不去了,明天再弄。"

梁晚莺的眼睛瞬间亮了起来:"真的吗?真的可以吗?"

"嗯,没关系,我可以远程办公。"

"太好了!"

谢译桥打开电脑,远程指挥。

梁晚莺安安静静地坐在一旁,本想给自己肚子里的孩子织个小围巾,可是她看了半天教程,最后只织了不到五排就没了耐心。

除了画画她能坐得住,动辄几个小时不吃不喝地画,别的手工活之类的好像都缺乏了一点耐心。

谢译桥忙完工作后,抱着电脑来到了她身边。

"刚刚看邮箱才发现之前我们救助的那头小狮子长大了,它训练程度良好,已经准备放归野生动物自然保护区了。"

"真的吗?我看看。"

谢译桥点开邮件,播放了影片。

之前那头小小的狮子现在已经非常健壮了,金色的鬃毛迎风飞舞,它昂首阔步,在太阳下仰天长啸,看起来非常自在潇洒。

"真好啊。"梁晚莺看着它身后的阳光和草原,不由得发出感叹。

趁着气氛正好,谢译桥不动声色地说道:"莺莺,你之前为什么会那么抵触我送你东西呢?还认为我是在敷衍你,其实我并没有。"

梁晚莺愣了愣,不知道他怎么突然提起这个:"就是吵架的时候撒气而已……"

谢译桥扳正她的身体:"你好好说,到底有什么心结我们就解开它。"

梁晚莺手指绞了绞一旁红色的毛线团,低声说道:"之前你和席荣在花房里被我撞到的那一次,你们说的那些话,我心里一直都很硌硬……虽然事情过去这么久了……平时我是不会想的,现在也不知道为什么总是想到你以前是不是也是这样对你的那些前任。"

原来是这样。

谢译桥哭笑不得地说道:"看来我之前说了那么多次,你完全没相信过我。"

"什么啊……"

"我之前真的没有什么正式确认的恋爱关系,都是一些欢场上的……"谢译桥小心看了看她的脸色,"逢场作戏。"

梁晚莺果然撇嘴唾弃道:"坏东西。"

谢译桥不敢在这个话题上逗留,继续往下说道:"而且,我可是连老窝都过给你了。"

"反正你的房子那么多,送一套房子算什么。"

"憩公馆可不一样。"

"哪里不一样?"

"我脱离父母后,就买了这栋房子,所有的装修建设都是我亲自参与的,家具也是我精心挑选的,别的地方都只是房子而已,只有这里才是我的家。"

"原来如此。"梁晚莺心里好受了一些。

"说完我的,是不是要说说你的?"

"我怎么了?"

"为什么每次吵架就在我心上扎刀子。"

梁晚莺讨好地吻了吻他:"我那都是胡说的。"

"哦？我还不知道你嘛，平时有什么小别扭小怨气都暗暗憋在心里，就等某一天直接给我来个大的。"

"我哪有！"

"还不承认，嗯？"男人捏了捏她的鼻子。

梁晚莺不好意思地说："我以后会相信你的。"

"有什么问题也不许憋在心里知道吗？"

"我知道了……"

两人复盘过后，心里的疙瘩解开，感觉身心更融洽了许多。

梁晚莺靠在他的肩膀上，午后温暖的阳光从大大的落地窗照进来，温暖宜人。

谢译桥的手机又响了，他简单地说了两句"知道了"，然后就打开电脑开始处理邮件。

梁晚莺也不打扰他，就躺在沙发的另一头，眯着眼晒太阳。

她手边是织了一半的小围巾。

男人办公之余，会侧头看她一眼，随后笑笑，挠挠她的脚心惹来女人不满地嗔怪，然后继续工作。

梁晚莺被太阳照得懒洋洋的，逐渐犯困。

可是她睡得很不舒服，肚子太大造成了她翻身都很困难，更别提是窝在沙发这么狭窄的地方。

谢译桥见她睡得难受，合上电脑放在一边，然后小心翼翼地俯身将她抱了起来。

梁晚莺本来也没有睡得很熟，他刚一动她就醒了过来。

"睡得不踏实？"

"嗯……不舒服。"

"哪里不舒服？我让家庭医生来给你看一看？"

"不用了……医生看了也没什么办法,怀孕嘛,哪有很舒服的。"

"那我帮你按按腿。"

梁晚莺没再客气,直接把脚搭在了他的大腿上。

男人握住她的脚踝用掌心轻轻揉捏,舒缓片刻后,才按压她小腿的肌肉。

孕晚期水肿确实很厉害,他的手指按下去以后,都会留下一个小坑,半天回弹不上来。

"我们莺莺真是辛苦了。"

本来还没什么,这么一句安慰的话语让她又开始委屈了起来。

她现在怎么变得这么娇气。

梁晚莺吸了吸鼻子,把眼泪憋了回去。

……

谢译桥搞定了那些传媒大佬以后,将剩下的那些事情交给了公关部去打理,专心在家里陪梁晚莺。

周文杰还带来一个好消息就是陈医生找到了。

他当时正在回来的路上,遇到泥石流,困在了一处山坡上,还好他是出去采购,所以有很多吃的喝的,解了燃眉之急,等到了救援。

梁晚莺得知这个消息后,也算是彻底放下心来。

谢译桥将大多数行程都推掉,交给了手下人去处理。因为梁晚莺快要生了。

他还去报了一个准爸爸培训班,学习如何更好地带孩子。虽然他有最好的育儿人员可以用,但是也不想做一个什么都不管的父亲。

梁晚莺看着他学习抱娃娃时手忙脚乱的样子,不禁笑出了声。

即便是在这种地方,谢译桥也结交了新的朋友,开拓了新业务,最后还达成了一场商业合作。

两个人还约定好了以后一起交流带娃心得。

很快到了生产的日子，梁晚莺被推进手术室，谢译桥等在手术室门口，第一次体会到紧张得想要呕吐的感觉。

谢父谢母也很激动，来回踱步。严雅云心里担忧着女儿，也是坐卧不安。

谢译桥脑子里不受控制地浮现出一些影视剧里糟糕的情节，身下的座椅仿佛长了刺，他干脆起身去看医院墙上贴的一些宣传语试图分散自己的注意力。

余光瞥见一则关于避孕的知识，他认真看了看，暗自做了个决定。

Extra 01
休憩之地

梁晚莺生了一个女孩,谢译桥有点高兴又很担忧,因为女孩意味着色盲的概率会大大增加。

不过基因筛查报告出来,她很幸运,虽然遗传了他的色盲基因,但是隐性的。个过即便她的眼睛没有问题,却依然属于基因携带者,有可能遗传给她的下一代。

谢译桥短暂地松了一口气。

梁晚莺在月子中心度过了一个月,她整体恢复得还可以,也没有特别糟心的事情。

孩子带得也比较轻松。

严雅云过来看她的时候,对这个月子中心的环境非常满意。

简诗灵休息的时候也跑过来看梁晚莺,看着小小的婴儿,她想抱一下,可是真的抱起来时浑身僵硬,生怕把婴儿摔了,然后赶紧放了回去。

"俏俏眉眼像你啊,莺莺。"

"这么小的孩子哪里看得出来,你就哄我吧。"

"看得出来啊！你的眉毛就是这样细细的嘛，眼睛也比较像月牙，不错不错。"

她四处看了看，对这里的条件感到满意："谢译桥还行啊，安排得挺好的。"

"嗯。"

"女人就要对自己好一点，毕竟是你冒着生命危险生孩子，男人就该提供一个好的环境，你自己也要注意产后恢复，不然后面身体出问题，没人替得了你。"

梁晚莺挑眉笑道："你倒是懂得多，跟我妈说的一模一样。"

"那是，我可是想得清清楚楚、明明白白的。"

"那你准备什么时候生孩子？"

简诗灵一滞："我可是大演员，我才不要生孩子。"

看她孛毛，梁晚莺笑道："那席荣不着急吗？"

"我管他呢，跟我有什么关系？"简诗灵结结巴巴地说，"我跟他又不走心。"

"是吗？"

"当然！"

梁晚莺坐完月子被谢译桥接回家以后，席荣、沈之崇、周则序和梁演升全都跑了过来。

软软糯糯的小婴儿也不怕生，在襁褓里就冲着他们笑，还伸着手紧紧握住男人们逗弄她的手指，把这几个大男人的心都萌化了。

四个大男人抢着抱孩子，梁晚莺无奈道："你们别吓到我女儿了。"

谢译桥立刻起身轰人："看也看够了，抱也抱够了，赶紧走，这可是我的女儿。"

"啧啧啧,有闺女了不起啊!"

"那是,反正你们没有。"

几个男人嫉妒到眼红,但是也没有什么办法,问道:"取名字了吗?"

"取了,就叫俏俏。"

"俏俏好啊,俏俏真可爱,长大一定是个万人迷。"

孩子有专门的育儿保姆带,梁晚莺只需要喂喂奶什么的,所以轻松很多。

她想着等孩子可以喝奶粉以后就出去工作,于是开始提前看职位了。

最近谢译桥又变得很奇怪,但是她也不好意思问。

她生完孩子已经两个月了,两个人再没有过什么亲密关系。

几次他抱着她睡觉,她明明都感觉到他身体的变化,但他还是什么都没做。

更有一天晚上,她还碰到了他在卫生间洗冷水澡。

梁晚莺心里有些不是滋味。

想到两人之前因为某些事吵架,她想要找个时间跟他谈一谈。

可是紧接着,谢译桥又出差了。这一去就是半个月。他现在每天都会在忙完以后跟她通一个视频电话。

"莺莺,宝宝在家还好吗?"

"好着呢,能吃能睡的。"

"现在呢?"

"保姆带去睡觉了。"

"嗯。"

梁晚莺说："我想要出去工作了,投的简历也有了回复。"

"还做广告策划吗?"

"嗯。"

男人没多说什么,反而说起了之前给Self做的那个情趣用品的策划："那个方案最后是怎么做的?"

"怎么突然提起这个?"

"随便聊聊。"

"小影和那个男友分手后,我就把方案又转给了她,最后怎么做的我也没有太关注。"

男人没在这个问题上多纠结。

"我今天给你寄了个快递,你收到了吗?"

"收到了,但是今天有点忙,所以我还没来得及拆。"

"那你现在拆开看看。"

梁晚莺打开一看,总算知道了他为什么会突然提起这个话题。

这个黑色的小匣子里,装了之前在写Self的策划案时被谢译桥看到过的样品。

"你不是不喜欢我送你那些包包和首饰之类的东西吗?这个我保证绝对没送过别人。"

梁晚莺小声骂了他一句。

男人笑了笑,低声说道："我好想你,你有没有想我?"

"嗯……"

说起这个,梁晚莺终于找到了合适的时机问出了自己的疑惑。

"你最近好反常,到底怎么了?不要让我猜来猜去的。"

"嗯?"谢译桥不明所以,"你是指什么?"

梁晚莺深吸一口气:"你知道!别装糊涂!"

男人挑眉:"原来被你发现了。"

"快回答我!"

"好好好,就是一件小事,我书房的抽屉里有答案。"

梁晚莺拿着手机跑了过去。

里面居然是一张结扎手术的病历单。

梁晚莺想了很多,唯独没有想过这方面的事情。

"所以,你最近的反常就是因为去结扎了?"

"是啊。"男人在电话那边苦恼道,"我想着刚好趁你坐月子赶紧做了这个手术,可是医生说两个月内都不能同房,你不知道我每天抱着你有多煎熬。"

梁晚莺眼睛热热的:"那你怎么不跟我说?"

"说出来好像我为你付出了什么代价一样。"谢译桥不以为然道,"反正我也不想再有孩子了。"

明天谢译桥就能回来了。

晚上,梁晚莺给孩子喂过奶以后,没什么事做,于是去了那个超大的图书室,她想找本美术史看看。

这里真的什么书都有,高高的木质结构的书架上,从浅显的儿童故事到深奥的学科类应有尽有。

她想看的书在很上面的位置,踮脚试了半天也很难拿到。

她正想着要不要去旁边把梯子搬过来时,突然间听到一声"咔嗒",室内瞬间变得漆黑一片,只有非常微弱的应急灯散发着幽幽的绿光。

梁晚莺瞬间毛骨悚然,警惕地问道:"谁?"

没有人出声。

皮鞋鞋底撞击地面的声音清晰地传来，并且正在向她靠近。

憩公馆的安保是毋庸置疑的，可是就这短短的几秒，梁晚莺的脑子里不由自主地闪过好多恐怖犯罪片的桥段。

本能促使着她逃跑，可是就在她转身的那一秒，那人已经来到了她面前，握住她的肩膀，将她按在了书架上。

她的后背被人贴住。

炽热的气息瞬间包围了她。

很熟悉的香水味。

她稍微镇定下来，心中有隐隐的猜测。

在一片漆黑中，滚烫的呼吸落在她的脖颈后面，她能感受到男人挺拔的鼻尖正一寸寸丈量着她的椎骨。

"谢译桥……是你吗？"她呼吸停顿，声音颤颤巍巍地问道。

后排的书架上其中一个格子里的书哗啦啦地散落一地。

梁晚莺摸到墙上的一个开关，打开了灯。

骤然亮起的灯光，让男人的眼睛微微眯了一下。

等适应过后，他向下扫视了一眼。

她刚刚喂过孩子，胸前的布料还濡湿了一点。

男人轻嗅了一下，低声道："我们的俏俏晚饭吃得是不是很好。"

梁晚莺抬脚想去踹他，可是被半路截停。

那个格子里的书被推下去，刚好给了她着力点。

"莺莺，你有没有想我？"

谢译桥好喜欢问这种问题，他是那种自己喜欢表达也要她一定表达出来的性子。

而梁晚莺偏偏是不善于表达的人,于是他就每次都要追问,直到得到自己满意的答案以后才会作罢。

洗完澡以后,她已经很累了,可是谢译桥还是一副精神焕发的模样。

他从自己的男士手提包里取出两个包装精致的小盒子。

"这是什么?"

"这个是给俏俏的礼物。"

谢译桥打开包装,里面是一个精致可爱的珠宝发卡。

梁晚莺笑道:"孩子这么小,买什么发卡,怎么戴啊?"

"没关系,她再大点就可以戴了。"

谢译桥不以为然地说着,然后又拆开了另一个。

"这个是给你的。"

"嗯?还给我带了?"

"那当然,宝宝有的,妈妈也肯定要有。"

梁晚莺弯了弯嘴角,心里有种奇妙的感觉,也说不清楚,就像是被熨斗仔仔细细地熨平褶皱般的妥帖感。

这种时刻被惦记着的感觉,让人从心底感到愉快。

她接过来打开一看,里面是一瓶香水。

上面没有任何品牌的标签,不过这个透明的玻璃瓶设计得倒是精美。

瓶身有一个凹槽工艺压成的夜莺与王冠的造型。

"这是什么牌子的香水啊,怎么什么都没有?"

谢译桥没有回答只是说道:"你喷一点闻闻。"

梁晚莺拔下瓶盖,挤了一泵。

前调有佛手柑浸泡在井水中的清透之感,中调是迷人又矛盾的迷迭香，后调直接起了满满的诱惑，像是月下森林中幻化出的精怪，妄图引人走进虚幻的梦境中。

有一些熟悉，但是具体的又说不上来。

"每次出差好久见不到你，"谢译桥说，"我把我们两个人常用的香水找调香师融合了一下，调成了这种中性香，以后，只要喷上这款香水，就可以感受到对方的气息。"

原来是这样。

他送她的礼物，真的都非常用心。

梁晚莺搂住他的脖子，亲了一下他的嘴唇说："谢谢，我很喜欢这个礼物。"

"口头上的感谢我可不接受。"

"嗯？那你要什么？"

男人慢条斯理地起身："你明白的。"

梁晚莺瞬间躺平装死："我要睡觉了！"

在俏俏断奶以后，梁晚莺就准备出去工作。她本不想借助谢译桥的力量，搞得像是走后门一样。

但是，无论面试的时候那些人对她的表现有多满意，一旦得知她刚刚生完孩子不久，几乎很明显地就转变了态度，最后不了了之。

梁晚莺一开始还不愿说自己家里有保姆专门带孩子，后来发现这个问题后，会特意强调一下自己不会影响工作，有保姆帮忙带孩子。

本以为这样的话应该不会有什么问题，没想到更是直接被拒绝了。

面试官首先是不太相信，然后觉得如果真的是有钱人，恐怕是来体验生活了。

因为在公司管理者的眼里，这样的人基本都是不稳定的。

没有生活压力，自然不会努力工作。

梁晚莺再一次从某公司走出来的时候，不禁想到，即便是她都这样艰难，那些又要带孩子又要工作的母亲，怕是更焦头烂额了吧。

谢译桥得知她面试不顺利，问道："为什么不愿意让我安排？"

梁晚莺嘟囔道："我就是想凭实力堂堂正正地进公司，不想被戳脊梁骨。"

谢译桥穿好了衣服，对着镜子整理了衬衣的领针。

"人脉和背景也是实力的一种。"

梁晚莺没有说话，低着头，手指绞着衣摆的边缘，有些心烦意乱。

男人转过身，又将袖扣整理了一下。

"莺莺，我知道你是有些理想主义的，但是现在这个社会，有现成的资源为什么不用呢？你需要的只是一个机会，而进公司以后你会获得什么样的成绩，不是依然要靠实力吗？"

"我知道，只是对这种处境感到悲哀。"

说起这个，梁晚莺又想起 MAZE 相对多的女员工，之前还被创色拿出来做手脚。

"我以为资本家都是只看利益的，你为什么会愿意用那么多女性员工？"她想了想，又加了一句，"别跟我说那些冠冕堂皇的话。"

谢译桥说："因为我的母亲在创业之初，也遭遇过你现在的这种情况，所以这是她定的规矩。"

"唉，所以只有女人更懂女人有多么辛苦。"

大环境如此，梁晚莺感到很无力，也很无奈。

男人指骨分明的手上挂着一条领带，看她似乎想通了，笑着说道：

"好了，悲天悯人的谢太太，现在能不能来帮我系个领带呢？"

梁晚莺从床上下来，走到他面前，接过他手里那根条纹领带。

男人弯下腰配合她。

丝滑的面料在手中冰冰凉凉的，她微微踮脚，从他脖颈后绕过。

女人昂着头，低垂眉眼，清浅的呼吸喷在他喉结处，像是有蝴蝶缓缓爬过。

他的喉结不由自主地上下滚动了一下。

"好了。"梁晚莺给他系了个温莎结，然后拍了拍他的胸口。

刚准备转身，下一秒，男人直接揽过她的腰肢，重重地吻了上来。

她身上只穿了一件单薄的香槟色绸缎睡衣，男人温热的掌心扣在她后腰，热意很快顺着布料传到了她的皮肤。

女人不由自主地向后撤了一下，犹如被狂风吹弯的小树枝，有摇摇欲坠之势。

在唇齿厮磨间，谢译桥说道："我其实一点都不想你去工作，想到以后早上都不能跟你这样温存，我就很惆怅。"

梁晚莺刚想说什么，他随即转换了口风："不过我尊重你的想法，你是应该有自己的生活。"

梁晚莺笑了笑，推了他一把："好了，赶紧去工作吧。"

梁晚莺最终还是接受了谢译桥的安排，去了一家4A广告公司。

因为公司规模较大，也非常正规，各部门分工明确，她的工作倒是没有以前那么杂乱，不过压力也很大。

大公司就是节奏很快，不能那么悠闲，每个人走路都好像带风一样。

她现在虽然是在策划部，但职位是美术指导。

梁晚莺之前在融洲的时候很多事都要亲力亲为，所以只是简单适应了一下，就很快上手了。

带她的林南珍人很好，两人年纪相仿，性格也能聊到一起，一个月的时间，两人就热络了起来。

她三十多岁才结的婚，家里催着相亲认识的，最近在犹豫要不要生孩子。

下班的时候，两人一起在门口等人，就随便聊了两句。

"我记得你说过你结婚了是吧，有孩子了吗？"

"有了，孩子一岁了。"

林南珍忧愁地说："现在家里催得紧，我不是很想生孩子，会耽误工作，但是再不生年纪大了更麻烦，焦虑得很。"

梁晚莺点点头："确实，我现在也挺能理解你的，一旦生育，女人在职场上是很被动。"

"是啊，人们自然而然地认为，有了孩子以后，母亲就要承担起更多的责任，而父亲似乎并不受影响，反而会更加稳定，是一种优势。"她勾了勾嘴角，"是不是很讽刺？"

梁晚莺叹了口气："谁说不是呢。"

话题有些沉重，林南珍呼了一口气说："不提这些了。你老公呢？什么样的，是相亲还是自由恋爱？"

"自由恋爱。"

"他人怎么样？对你好不好？"

梁晚莺思索片刻，一时竟不知道怎么总结，于是说道："他的缺点很多，优点也很多，但这些都不重要。"

"那重要的是什么？"

"我爱着他，也被他爱着，我感到很幸福。"

她在说这番话的时候，眼睛里仿佛有光，那是被深爱着的女人才会有的表现。

林南珍羡慕地说道："那你们两个感情真好啊！现在很难得见到这样梦幻主义的结合了，大多数都是迫于各方面的压力，随随便便就么搭伙过日子罢了。"

梁晚莺笑了笑，突然想起谢译桥之前跟严雅云讲的那番话。

"如果不是因为强烈的爱而结合，那么怎么会有勇气度过今后几十年的人生呢？"

林南珍点了点头："说得很有道理，只不过不是谁都能这么幸运遇到对的人。"

梁晚莺安慰道："也许相亲认识的也是对的人，只不过相遇的方式不同而已，你们也可以在相处中逐渐相爱。"

林南珍想了想说："他是对我挺好的，我也是因为家里把我逼急了，我本来想气气他们，随便找个人结婚，然后到时候再离了，这样家里人肯定要气死，以后再不敢催我结婚了，没想到……"她不好意思地笑了笑，"他各方面都挺好的。"

梁晚莺笑道："先婚后爱，也很不错。"

正说着，林南珍的丈夫开车过来了，男方贴心地下车帮她开了车门，然后绕回主驾驶。

他戴着一副金丝眼镜，看起来斯文有礼。

两个人倒也般配。

林南珍挥手跟梁晚莺告别："那我先走了。"

"好，拜拜。"

林南珍走后，梁晚莺看了看表，正纳闷儿今天司机怎么来这么晚时，突然被人拍了下肩膀。

她转头一看，居然是谢译桥。

男人一身灰色的威尔士亲王格纹的西装，搭配一条高腰双纽设计的廓尔喀裤，垂坠感极好，商务中带着一丝随性。

他眉眼含笑，蜂浆般的瞳孔里流动着甜蜜的愉悦。

"怎么是你来接我的？"梁晚莺小小地惊讶了一下。

"今天没什么行程，亲来接老婆大人下班。怎么，不高兴吗？"

"怎么会不高兴呢？"梁晚莺看了看周围，"车呢？"

"下班高峰期，我来的那条路堵车了，所以我们得走过去。"

谢译桥拉着她的手，两人十指紧扣，看着行色匆匆的人群，行走在车水马龙的街道。男人的脸上一直挂着那副难以掩饰的笑容。

一直到上车以后，梁晚莺实在忍不住了问道："干吗？今天怎么这么高兴？有什么高兴事吗？"

男人侧身过来，吻了吻她的脸颊说："今天的你，非常漂亮。"

"干吗啊……奇奇怪怪的。"

俏俏渐渐长大了，开始识字画画。

她在绘画上继承了梁晚莺的天赋，也继承了谢译桥聪明的头脑。

很小的年纪就能画出像模像样的物体，而且空间思维能力非常出色。

这天，她拿着颜料坐在地上，在纸上涂涂画画，画到一半的时候似乎遇上了什么难题。

那张小小的脸看起来格外纠结，眉头都蹙在了一起。

犹豫片刻，她看了看正在办公的梁晚莺又看了看正在看杂志的谢译桥，最后决定不打扰妈妈，去找了看起来比较清闲的爸爸。

"爸爸，爸爸。"

谢译桥放下手中的商业杂志，侧头看过来："怎么了，俏俏？"

"你说这里我用红色好呢，还是橙色好？"她指着一朵小花。

谢译桥看着面前的画纸，突然愣了一下，一时间竟然语塞。

他对颜色只有名称上的认知和明暗的区别，到底哪一种好看，他是没有这个概念的。

梁晚莺本来正在写方案，听到俏俏的提问后，抬头看了过去。

坐在沙发上的男人看起来似乎有一点点伤心，因为他连女儿这么简单的问题都无法回答。

梁晚莺叹了口气，招了招手说："俏俏，来妈妈这里。"

谢俏俏抱着画跑过去，指着那朵小花说："妈妈，老师说花儿要用红色，可是我觉得橙色更好。那天我看到阳光最炙热的时候，确实是有橙色的。"

梁晚莺没想到她这么小就能观察到这样的色彩变化，于是拿过画纸看了一眼说："画画确实没有固定或者说必须是什么的颜色，固有色在不同的环境和光线中也会呈现出不同的样子，老师现在只是教你这个物品的颜色认知，你可以在理解的基础上进行合理的再创作。"

"什么是环境色，什么是固有色啊？"小丫头孜孜不倦地问。

梁晚莺指了指桌子说："这个桌子是白色的，这就是固有色，如果被有颜色的光或者背景映上去就变成了另外的颜色，这就是环境色的影响。"

谢俏俏似懂非懂地点点头。

梁晚莺顺了顺她的头发，又说道："还有，爸爸的眼睛是看不到颜色的，以后这种问题来问妈妈就好。"

"为什么呀？"

"因为爸爸的眼睛跟我们不一样。"

谢俏俏若有所思,片刻后,跑过去扒拉了一下他的眼睛说:"一样啊?"

谢译桥哭笑不得。

随后,她又说道:"爸爸,以后我来教你认颜色,你别伤心。"

谢译桥被她的童言童语逗笑道:"好,俏俏教爸爸认颜色。"

这个时候的谢俏俏还是很贴心可爱的,等她年纪再大点的时候,逐渐暴露了本性。

梁晚莺实在不明白,自己一生本本分分,为什么生出了个……

她甚至怀疑,是不是因为谢译桥的那些朋友总是拐走她的闺女出去各种玩耍,把闺女带歪了。

不然她之前那么可爱、乖巧的女儿怎么变成了这个性子。

父女两个人明明很像,却互相嫌弃。

谢译桥去幼儿园接她的时候,看到她又惹哭了一个小男生,点了点她的脑袋说:"你怎么就不能像你妈那样,多好啊!"

"我要是我妈,才不要找你这样的男人。"小丫头不服气地说道。

"哎哟,你皮是不是痒了,我这样的男人怎么了,那是万中无一的好男人。"

谢俏俏皱了皱鼻子,对着他做了个鬼脸,然后转身跟梁晚莺告状道:"妈妈,昨天我听到他跟别的女人打电话了。"

"哦?"

谢译桥恶狠狠地瞪了她一眼说:"你不要乱讲话。"

"我就是听到了。"谢俏俏抱住梁晚莺说,"妈妈,爸爸还是用一种非常恶心的口气说的。"

"说了什么?"

谢俏俏压低声音模仿道:"不需要,谢谢,就这样。"

"那就是一通推销电话。"谢译桥赶紧说道。

谢俏俏在梁晚莺耳边小声说道:"妈妈,男人都是这么诡计多端,说不定会故意把电话改成什么推销电话啊、10086啊的来蒙骗你,其实是在打暗号也说不定。"

"你个小丫头片子哪里知道这些乱七八糟的。"

"电视上有啊,妈妈不在的时候,我要替妈妈看好你。你要是真的找别的女人,我一定会跟着妈妈。"

在结婚纪念日那天,谢译桥突然说要带梁晚莺去一个地方。

路是熟悉的路,却又带着那么些不熟悉。

之前泥泞的土路现在被水泥覆盖,平坦而宽阔,川流不息的车辆来回运送着货物。

这里修建好了公路,成立起了专业的网络销售渠道,村民们再也不用像以前那样辛苦地背几十里山路东西还要被压价了。

山脚下盖了新的楼房,还建起了学校,有了更多的老师和医生。

她看着现在这个情形,看着他们脸上洋溢着满足而幸福的笑容,突然明白了父亲做这些事的意义。

即便之前遭遇了自然灾害的重创,但谢译桥一直没有放弃。

"莺莺,你父亲的遗愿,我帮他完成了。"

梁晚莺眼睛微微湿润,靠在了他的怀中。

谢俏俏再大点的时候,就不允许跟父母一起睡了。

可是她想要跟妈妈一起睡。

谢译桥坚决不同意。

谢俏俏很生气，噔噔噔地跑到梁晚莺面前去告状。

"妈妈，你要不别要爸爸了。"

"啊？又怎么了？"

"为什么我不能跟妈妈睡，爸爸这么大人了为什么还要跟我抢妈妈？他没有自己的妈妈吗？"

"什么你妈妈，这是我老婆。"

"我不管，我就是要妈妈抱着睡！"

两个人吵得不可开交。

梁晚莺无奈地叹了口气："一起睡不行吗？"

父女俩异口同声道："不行！"

"为什么？"

"我要跟妈妈说悄悄话。"谢俏俏说，"还有就是爸爸要是在的话，我就睡不好；爸爸要是出差的时候，我和妈妈就能睡得很好。"

父女俩吵闹不休，梁晚莺头都大了。

谢译桥本来多么成熟的一个人，跟女儿吵起架来却幼稚得像个孩子。

最终，梁晚莺还是决定今晚抱着女儿睡。

谢译桥被赶了出去，他很忧伤，他想象中的女儿应该是乖巧又可爱，每天会像跟屁虫一样跟在爸爸后面甜甜地要爸爸抱，可是她明显更亲她的妈妈。

据说，女儿越大越不跟爸爸亲，可是她还这么小，就天天跟他抢人了。

空旷的大床和房间让他郁闷，独守空房的他翻来覆去睡不着觉。

怀里少了一个人，心里都变得空落落的。

他干脆起身，走到落地窗前，看着那轮皎洁的月，长叹了口气，然后摸了摸口袋找到打火机准备点上一根烟。

可是,打火机刚凑到脸前,卧室门突然被推开了。

母女两人一上一下探头进来。

"不许抽烟。"

"爸爸臭。"

男人赶紧合上了打火机:"你们怎么来了?"

"我和妈妈的悄悄话说完了,你可以回来睡了。"

"哦?你们到底在说什么悄悄话,还不让我听?"

"女孩子之间的话题,怎么能给你讲!"

"好吧。"

只要能回去睡,谢译桥也不在这个事情上纠结了。

一家三口躺在这张大床上,谢俏俏睡在中间,呼吸逐渐平稳,梁晚莺也闭上眼睛沉沉睡去。

鸦羽般的睫毛落在眼睑,投射出一簇小小的阴影。

谢译桥有点睡不着,他抬起手落在了梁晚莺的脸上。

他用指腹将她脸上的发丝拨到耳后,轻缓的动作带着柔情。

月光如纱,两个女人一大一小,在他怀里,这种感觉,格外温馨。

曾经,这场意外闯入他生命中的风月情事被他弄碎,如今终于又拼凑完整。

而这场风月经过风雨的洗礼,从华美虚浮中生长出了坚韧的根,最终结出了甘甜的果。

这种尘埃落定般的踏实感,让他愿意收起那双追寻自由的翅,走进这片富饶的栖息地。

憩公馆本意为休憩之地,是他在忙碌的俗世中得到片刻安宁的寄托之所。

在此时终于实现了它的终极含义。

"莺莺,你知道吗?我真的很爱你。"

女人在睡梦中似乎听到了,含混不清地呓语道:"我也是。"

Extra 02
醋缸

梁晚莺婚后简直像经历了第二次生长般,越发美艳了。

如果说之前的她是一张沉静的风景画,现在则是一幅涂抹了浓丽色彩的油画。

女人在每一个时间段都有最独特的韵味,谢译桥很庆幸自己见证了这个过程。

不过,最近她似乎有事瞒着他,每天下班回来都鬼鬼祟祟的,手机一响就会出去接电话。

她还自以为装得很自然。

比如今晚,他回来的时候已经十点了,卧室只留着一盏暖黄色的夜灯。

男人将外套脱下递给管家,在另一个房间洗过澡后才放轻脚步走进了卧室。

梁晚莺听到动静,立刻将手机熄屏放到了枕头边闭上眼睛假寐。

男人倾身过来,身上带着夜晚微凉的冷气。

她的身体下意识地做好了被拥抱的准备,可是男人的手越过她,拿起了她放在枕边的手机。

梁晚莺心里咯噔一下，乱糟糟的，然后假装被吵醒一样伸了个懒腰说："你回来了。"

男人挑眉没有回答，只是直勾勾地盯着她的表情。

"唔……你拿我手机干吗啊？给我，我看看几点了。"

梁晚莺伸手想从他手里夺过来，可是谢译桥并没有给她，只是点亮手机瞥了一眼屏幕似笑非笑地说："十点半了。"

梁晚莺心里着急，却不敢表现得太明显。

"哦……那快睡觉吧，时间不早了。"

"你最近有什么事瞒着我？"

"没有啊。"梁晚莺矢口否认。

屏幕幽微的光芒将他瘦削的下颌照亮，那双茶色的眸子带着点意味深长的笑容，有种看穿了一切的成竹在胸。

梁晚莺心虚地说道："干吗这么看着我……"

手机显示屏到时间自动熄灭了，只剩下那盏昏暗的小夜灯在她身后晕开浅淡的光晕。

女人抿着嘴，神情有些许不安。

谢译桥不再逗弄她，将手机还给她。

梁晚莺刚接过来，手机突然弹出个微信消息，屏幕亮起，她假装淡定地按下熄屏键放到了一边。

谢译桥眼神飘过去，淡淡地问了句："谁啊，这么晚了还给你发消息？"

"……就是公众号推送的消息。"

"哦？那给我看看推送了什么。"

男人作势探头去看，梁晚莺心一惊，一把搂住他的脖子，吻了吻他的嘴角说:"哎呀,有什么好看的,快睡吧,困死了。"

谢译桥语气凉凉地说道:"倒是难得见你这么热情。"

见他没有再执着手机的事,梁晚莺悄悄地松了口气。

可是谢译桥并没有打算就这样放过她。

"……工作累了。"

男人眯了眯眼睛,自上而下地审视她,片刻后开口说起了另一件事。

"我明天要去英国出差,大概一周时间。"

"那更要好好休息啦,睡吧睡吧。"

第二天到公司,程周来交过方案后并没有离开,凑到梁晚莺身边笑着问道:"莺莺姐,过几天是情人节,你准备怎么过?"

程周是她带的一个实习生,刚毕业没多久,浑身上下还充斥着年轻人的朝气和明朗。

他勤奋又努力,很快就转正了。

梁晚莺本来是很欣赏他的,可是总觉得他……好像有点过于热情了,而且总是旁敲侧击地询问一些她的私人问题。可是每次跟他提起注意分寸的问题,他总能找到合适的理由。

谢译桥出差一周都回不来,而且他们两个结婚都几年了,情人节过不过的也没什么关系。

但是这些话没有必要跟他讲,于是梁晚莺随便找了个借口搪塞了过去。

七夕那天刚好是休息日,梁晚莺在家里跟俏俏一起画画,谢译桥突然打来了电话。

"老婆,在干吗?"

"跟俏俏玩呢。"她将手机摄像头转过去。

"爸爸,看我画的画好不好看!"谢俏俏跑过来,举起手绘屏。

"我们俏俏真棒!"

"爸爸你什么时候回来啊?"

"很快就回去了,到时候爸爸给你带礼物好不好?"

"好!"

谢译桥周围比较嘈杂不知道在哪里,他行色匆匆,又说了几句后就挂断了电话。

傍晚时分,梁晚莺突然接到了程周的电话,说有点事想跟她说。

"电话里不能说吗?"

"电话里怕说不清楚,必须当面跟你说。"

他说得着急,梁晚莺也没多想,以为是工作上的事情,换了身衣服就开车过去了。

可是就在她转弯以后,有一辆低调的黑色的车悄无声息地跟了上去。

这个餐厅灯光幽暗,气氛舒缓,是一个很好的情侣约会的地方。

程周坐在靠窗的位置,桌上还摆放着一束鲜艳的玫瑰。

梁晚莺蹙了下眉心,察觉到不同寻常的气氛。

看到她进来,程周赶紧站起来,跟她招手:"莺莺姐,这里这里。"

"你叫我出来有什么事吗?"

程周咧开嘴笑了笑说:"我就是想请你吃个饭,感谢你这段时间对我的照顾。"

今天是七夕,他还把她约到这种地方来吃饭,梁晚莺几乎一瞬间就意识到了他的目的。

两个人毕竟还是同事且是上下级的关系,她并不想把事情闹得很僵,于是摆出了公事公办的态度。

"我是你的上级,这都是我应该做的。"

"可是莺莺姐,我真的很喜欢你,你完完全全就是我的理想型,能给我一个机会吗?"

梁晚莺惊讶道:"我不是告诉过你我结婚了吗?"

"可是我没看到你手指上有婚戒啊,也从没见过你的老公,我觉得这只是你对外的借口。"

梁晚莺有些无语,刚准备开口解释,突然听到旁边传来一声轻笑。

转头一看,隔壁桌昏暗的角落,英俊的男人眉眼掩在阴影中,看不清楚,只不过嘴角那抹嘲讽的弧度刺眼逼人。

随后,他起身迈开长腿走过来,一屁股坐在了梁晚莺旁边。

程周的告白被人打扰了,不高兴地问道:"你是谁?为什么坐我们这里?"

梁晚莺完全没想过会在这儿碰到谢译桥,刚从震惊中回过神,准备介绍他,可是谢译桥却打断了她的话,挑眉说道:"我啊,也是她的追求者。"

说罢,谢译桥的目光扫过她的手指,梁晚莺脑子"嗡"的一声。

完蛋,被发现了。

她前段时间把婚戒丢了,害怕谢译桥知道了会生气,所以瞒了好久,本来想买一枚新的,可是谢译桥订的东西几乎都是限量的,根本就买不到。

她好不容易找到一个厉害的师傅说是可以做到一比一复刻,最近一直在沟通细节问题,再过几天就可以拿到了,此时却暴露了。

现在,谢译桥坐在她的左手边,程周坐在她的对面,两个男人的目光交织，夹杂着餐厅旋转闪烁的灯光，似是刀光剑影。

谢译桥扬了扬下巴，开口问道："你多大了？"

"跟你有关系吗？"虽然他身上的威慑感很强，但程周还是顶着压力反驳了他。

"我看你应该比梁总监小几岁吧。"

"那又如何？"

"你年纪这么小，工作也不如她，赚得也比她少，拿什么给她未来，还是说你想吃软饭？"

程周被他夹枪带棒的话气到，于是被激起了斗志。

"我确实比莺莺姐小几岁，可是我年轻有潜力。莺莺姐，你说是吗？"

"哦？"谢译桥面带微笑转头看向梁晚莺，"梁总监，你也这么认为吗？"

梁晚莺被夹在中间一个头两个大，连忙推了推谢译桥让他不要胡说，然后转头对程周说："这就是我老公，有什么事周一再说吧，我们先走了。"

两个人坐到车上以后谁都没说话，梁晚莺在想怎么解释今天的事，可是谢译桥面色不豫，似乎不想交谈的样子。

一直到吃晚饭的时候气氛也没有好转。

梁晚莺寻思，不会是生气了吧。

"你……不是说要出差一周吗？怎么才三天就回来了？"她随便找了个话题想打破这个气氛。

男人冷飕飕的眼风一扫："怎么，我回来得不是时候坏你好事了？"

梁晚莺刚想开口，谢译桥突然冷笑一声，将纸巾一丢，起身去了三楼，两个小时都没有下来。

她准备晚上睡觉的时候再好好解释一下，可是一直等到昏昏欲睡还不见人回来，于是起身去三楼找他。

三楼是他健身的地方，有很多专业的器材。

男人换了一条休闲运动裤，光着上身，正在做卧推。

腰腹用力时，鼓起的肌肉上还能看到明显的青筋，充满了力量感。

梁晚莺不知道他搞什么，平时就算是健身他也会挑休息的时间，今天刚出差回来风尘仆仆的，还跑来锻炼这么久。

谢译桥看到她过来，放下手里的东西。

"怎么还在练，不累吗？俏俏都睡了。"

谢译桥走过来，上身还挂着汗珠，运动后的身体带着源源不断的热意扑了她一脸。

"我说你最近怎么鬼鬼祟祟的，怎么，喜欢上年轻的了？"

来了，憋了半个晚上，终于开始兴师问罪了。

"我没有！我也不知道他为什么突然跟我表白，我已经跟他说过我结婚了，他非不信。"

"哦？"谢译桥捏了捏她的指根，"那你的婚戒呢？为了见他还故意把婚戒摘掉了？"

"不是，不是！我……我弄丢了。"

谢译桥沉默半晌，才又开口道："这你都能弄丢，是不是也太不把我当回事了。"

"那天手上沾了脏东西，我把戒指取下来洗过手就忘了，后来就找不到了。"看到他面色似有好转，她连忙说道，"不过我已经尽力补救了，找了个师傅重新定制，再过几天就能拿到了。"

"所以你最近鬼鬼祟祟的就是因为这个？"

"那不然呢？"

"好吧。那你怎么补偿我受到的伤害？"

梁晚莺赶紧勾住他的脖子吻了吻："老公，我错了。"

谢译桥顺势搂住她的腰，一把将她抱起来放在腿上。

"不够。"

他的唇贴在她的耳郭，不怀好意地询问："他年轻？身体素质好？梁总监也这么觉得吗？"

女人垂下脸，黑色发丝从耳后散落下来："你好讨厌……"

"讨厌我？"男人低声笑了笑，"你明明喜欢得不得了。"

梁晚莺抬手捂住他的嘴巴，男人则趁机低头恶狠狠地在她的食指上咬了一口，留下一圈牙印。

虽然吃了点苦头，但好在两人互相斗嘴后，她弄丢婚戒这件事算是翻篇了。

谢译桥带她去专柜重新挑了一对戒指，在周一上班之前给她戴在了手上。

梁晚莺心有余悸地摸了摸无名指上的新戒指，暗自下定决心以后一定要小心。

不然……

生气的男人真的太可怕了！